中华先锋人物
故事汇

时传祥

最香最美的淘粪工

SHI CHUANXIANG
ZUI XIANG ZUI MEI DE TAOFENGONG

肖显志 著

绿色印刷 保护环境 爱护健康

亲爱的读者朋友：

本书已入选"北京市绿色印刷工程——优秀出版物绿色印刷示范项目"。它采用绿色印刷标准印制，在封底印有"绿色印刷产品"标志。

按照国家环境标准（HJ2503-2011）《环境标志产品技术要求 印刷 第一部分：平版印刷》，本书选用环保型纸张、油墨、胶水等原辅材料，生产过程注重节能减排，印刷产品符合人体健康要求。

选择绿色印刷图书，畅享环保健康阅读！

北京市绿色印刷工程

图书在版编目（CIP）数据

时传祥：最香最美的淘粪工/肖显志著．— 南宁：接力出版社；北京：党建读物出版社，2020.4

（中华人物故事汇．中华先锋人物故事汇）

ISBN 978-7-5448-6448-0

Ⅰ.①时… Ⅱ.①肖… Ⅲ.①传记小说－中国－当代 Ⅳ.①I247.5

中国版本图书馆CIP数据核字(2020)第007230号

时传祥——最香最美的淘粪工

肖显志 著

责任编辑：张 雯
文字编辑：孔 倩
责任校对：王 静 杨 艳 贾玲云
装帧设计：严 冬 许继云
出版发行：党建读物出版社 接力出版社
地 址：北京市西城区西长安街80号南楼（邮编：100815）
广西南宁市园湖南路9号（邮编：530022）
网 址：http://www.djcb71.com http://www.jielibj.com
电 话：010-65547970/7621
经 销：新华书店
印 刷：北京盛通印刷股份有限公司

2020年4月第1版 2020年4月第1次印刷
787毫米×1092毫米 32开本 5.5印张 80千字
印数：00 001—20 000册 定价：22.00元

本社版图书如有印装错误，我社负责调换（电话：010-65547970/7621）

目 录

写给小读者的话 ………… 1

屁屁孩儿 ………… 1

时老四 ………… 7

俺是一头牛 ………… 13

半袋苞米面 ………… 21

赶猪陷阱 ………… 27

走向北平 ………… 37

穷帮穷 ………… 45

屎壳郎 ………… 53

不给鬼子行礼 ………… 61

美国兵 ………… 69

见了太阳··················79

不离开北京················87

捂鼻子··················95

把我当您的儿子············101

门口的等待···············109

连雨天··················117

"水人"··················125

不能倒下················131

厕所里的女婴·············139

国家主席的钢笔············149

儿女也当淘粪工············159

写给小读者的话

亲爱的读者朋友,全国曾流传着这样一个动人的故事——一位饱经风霜、历尽艰辛的淘粪工人,受到毛泽东的亲切接见,刘少奇握住他满是老茧的大手,周恩来为他敬酒,朱德给他夹菜……是什么样的人能受到国家领导人这样的尊重?大学生、老师、记者、机关干部纷纷拥来,排队和他一起淘粪;北京市副市长万里来了,请他教他们淘粪……他究竟是谁?他为何能够受到这样的礼遇?

他就是淘粪工人时传祥。

在时传祥十四岁那年,灾祸连连,天闹干旱,地里颗粒无收。爹爹被恶霸设计害死,家里揭不开锅了。如果不出去讨生活,一家人就得活活饿死。

时传祥告别了家人,走上谋生之路。他风餐露宿,沿路乞讨,一连走了十几天才来到北平,当了一名淘粪工。在新中国成立前的十几年里,他虽然忍受着劳累和侮辱,但也决不给日本鬼子行礼,不向开车撞他的美国兵道歉,他坚持堂堂正正地做一个中国人。

解放啦!新中国成立啦!

时传祥加入北京市清洁队,成为新中国第一代淘粪工人。他担任青工班班长,带领工友们走街串巷,不怕脏不怕累,把老百姓的厕所淘得干干净净,受到人民群众的称赞。

他五冬六夏地奔走在北京的各条胡同小巷,为各家各户默默地干着带着"脏"字的工作。

春天,他把开化的粪水清除得没有一点儿冰碴儿。

盛夏,他冲进粪水横流的居民庭院,把粪水清理干净。

金秋,他带领青工班埋头苦干,连垃圾和树叶都不放过。

严冬，他不惧严寒修好了中学厕所里破裂的自来水管，而自己成了"水人"；在厕所里救起被遗弃的女婴……

这样无怨无悔的付出，使他受到了人民的尊重。时传祥被评为清洁工人先进生产者，被选为人民代表，并加入了中国共产党。同时，他还当选为北京市政协委员，被评为全国劳动模范。在北京召开的全国"群英会"上，时任国家主席刘少奇在人民大会堂握着他的手说，时传祥淘大粪是人民的勤务员，他当主席也是人民的勤务员，这只是革命分工不同，并赠送给时传祥一支钢笔，叮嘱他要好好学习文化。一九六六年，时传祥作为北京市国庆观礼团副团长，受到毛泽东的亲切接见，周恩来在招待宴会上为他敬酒，朱德给他夹菜……国家领导人的关怀，让时传祥更加起劲儿地工作。在淘粪的工作岗位上，虽然干的是"臭"活儿，可在他心中却保持着一个"香"字，那就是用自己的汗水，为人民群众创造出一个清洁的环境。时传祥曾说，宁愿一人脏，换来万家净，是他最大的快乐。

寒来暑往，时传祥积劳成疾，患了癌症，一九七五年五月十九日病逝于北京。临终前，他还叮嘱儿女们接他的班，做一名合格的淘粪工人。

"宁愿一人脏，换来万家净"，已经成为时传祥的名言。这句名言在他的淘粪工作中是如何体现出来的？翻开这本书，我们一起来认识这位淘粪工吧！

屁屁孩儿

从山东省齐河县赵官镇大胡庄到北京,要经过齐河县、平原县、德州市、吴桥县、东光县、南皮县、沧县、青县、天津市……要走一千多里地。

一路上翻山越岭,风餐露宿,要用双脚走一千多里地,干什么去?

有一个叫时传祥的少年会告诉你。

一九一五年九月二十日清晨,大胡庄老时家的茅草屋传出了婴儿的啼哭声。虽然声音不大,可院外老榆树上的两只乌鸦却被吓得哇哇叫着,飞向南山坡。

"喔喔喔!"站在土墙头上的大公鸡伸长脖子脆亮地叫了几声,探头往屋子里看——哦!原来是一个婴儿降生在了土炕上。

"小子！是个小子！"接生婆激动地向婴儿的爹爹报喜。

母亲时吴氏亲着儿子的小脸蛋，喃喃地道："儿子，我的儿子……"

一个壮年汉子在屋里走来走去，不停地搓着一双大手。

他就是这个刚刚降生的婴儿的爹爹——时圣茂。

又添人口，人丁兴旺，本该是件高兴的事，可从时圣茂紧蹙的眉头来看，倒像是平添了烦恼。

是啊！

这是时圣茂的第四个儿子。由于家里穷，养活不了太多人，大儿子时传文和二儿子时传武只好给了别人家。三儿子时传珍还没长大，老四就出生了。

时圣茂停住搓着的双手，握在一起，心中暗想，不管日子咋样，这回再也不能把儿子送人了，吃糠咽菜也要把儿子养活，养大，养成人！

老时家有六亩二分地，在大胡庄北头那片盐碱地上，那块地连草都长不好，就更别说庄稼了。冬天到了，北风一刮，卷起如雪的盐碱，像冒白烟一样；春天刚刚下过雨，土又变得硬邦邦的，像石板一样。为了让这样的土地长出庄稼，产出粮食，时圣茂把汗水融进了辛劳播种的地里，但秋天收获的粮食不多，还是吃了上顿没下顿。

时传祥出生之后，时吴氏就忙着屋里屋外的活儿，顾不上照看他，他常常哭着哭着就没动静了。

"老四咋的了？"时吴氏赶忙回屋，只见儿子正在打屁屁腻。屁屁，就是粪便。打屁屁腻，就是孩子抓自己拉出的屁屁玩儿。

哈！时传祥把自己糊成了个屁屁孩儿。

"娘……娘！"老四向时吴氏挥着小手。

时吴氏被气得笑了起来："你个屁屁孩儿！"赶紧抱起四儿子放进大盆里，舀上两瓢水把儿子洗干净。

这时，时圣茂进来了，见妻子又在给老四洗屁屁，说："这小子，莫不是个屁屁命？"

"屁屁命有啥不好？"妻子边洗边说，"庄稼一枝花，全靠粪当家。我家老四往后就是咱们的当家人喽!"

是啊!老时家以后的日子就靠两个儿子了……时圣茂肩膀靠在门框上,寻思着,该给老四起个啥名字呢?他看了儿子一眼,又瞅了时吴氏一眼,问:"他娘,你说给老四起个啥名字好?"

时吴氏擦干儿子的身子,把大盆端出来,放到土炕上,说:"老大老二叫文武,老三叫珍,老四就叫宝,珍宝嘛!"

时圣茂听了,轻轻摇头,嘴里嘟囔着:"珍宝,珍宝……咱们穷人家有多少珍宝,都挡不住让地主老财给抢去。"

妻子问:"那你说,起个啥名儿?"

"眼下,世道不太平,穷人没好日子过……"时圣茂的目光看向窗外,望着灰蒙蒙的天,"不管老四长大有没有出息,但愿能给时家带来吉祥……"

妻子明白了,说:"传祥!"

"对!就叫时传祥。"时圣茂说着兴奋地拍了老四一巴掌。

"你瞅你……把儿子打疼了。"妻子生气地瞪了丈夫一眼，抱起儿子边哄边唱：

> 睡吧！睡吧！俺亲亲的宝贝，
> 娘轻轻地摇着你，
> 摇着你，快快安睡。
> 别再哭别再闹，别再打尼尼腻。
>
> 睡吧！睡吧！俺亲亲的宝贝，
> 爹的手臂永远保护你，
> 世上一切，幸福愿望，
> 一切温暖，全都属于你……

时传祥在时吴氏的摇篮曲中渐渐入睡，甜甜地睡在时吴氏的臂弯里。

时老四

树木长得快,不抵小孩儿长得猛。

南山坡上的小榆树才长到胳膊那么粗,时传祥一晃就到十岁了。

十岁的孩子在庄稼院里就是半大小子了。半大小子懂得少,有时胆儿大起来比大人还厉害。

这时,时传祥又有了一个妹妹时传梅和一个弟弟时传海。

有了哥哥、妹妹和弟弟,家里四个孩子成了小群体,干活儿、玩儿、打闹,呼啦啦成群结队的。

时圣茂看着这些孩子心里头高兴,虽说日子过得苦,可眼前总有活蹦乱跳吵吵闹闹的孩子们,心里还是感觉很充实。

说来也怪，同样是吃糠咽菜，老四时传祥长得要比三哥时传珍高出半头，身板也强壮许多，性格更是倔强。就因为这倔强脾气，老四给爹娘惹了不少祸。

说是祸，爹娘表面生气，暗地里高兴。

为啥呢？

大胡庄里有个恶霸姓赵，人们都叫他赵老乐。老乐？是为人和善吧？

才不是哪！

赵老乐虽然平常脸上总是挂着笑，但只要得罪了他，他就暗地里来狠的。

时间长了，村子里的人一见赵老乐笑，就觉得瘆得慌。

老四时传祥却不怕他。

赵老乐只有一个儿子，名叫赵天财。

这小子娇生惯养，在村子里招猫惹狗，横行霸道。

穷人家的爹娘都揪着自家孩子的耳朵叮嘱着：千万离赵天财远着点，咱们惹不起还躲不起吗？

还真的躲不起。

你看,赵天财正牵着一条大黑狗,叉着腿走过来了。

"汪汪汪!"

狗叫声惊动了在南山坡挖野菜的时传祥兄妹四人。

妹妹时传梅挺起身,举着镰刀往山下指了指,说:"豆鼠子赵天财。"

因为赵天财长得嘴巴尖尖、小脸瘦瘦、两腿细细,一眼看上去活脱脱一只豆鼠子,所以时传梅才这样叫他的。

豆鼠子赵天财见山坡上有人,就吆喝着黑狗一起奔了过来。

"别搭理他。"时传祥对兄妹们说。

时传海小声说:"臭狗屎,谁搭理他呀!"

别看赵天财家里有钱有势,可没人乐意跟他玩儿。

这小子走到时家兄妹跟前,牵着黑狗绕了一圈,打量着时传梅,从衣兜里掏出一颗糖球,凑到时传梅眼前,扬起尖下巴,笑嘻嘻地说:"糖球,就给你一个人,别人不给。"

时传祥瞅着这个豆鼠子,心里厌恶极了。他上前用镰刀推开赵天财拿着糖球的手,说:"不稀罕!"

"时老四,我是给你妹子的,又不是给你……"豆鼠子脸皮厚,还是向时传梅举着糖球。

时传梅一时不知所措,连连往后退。

"糖球圆,糖球甜,吃了糖球你准笑。"豆鼠子仍在逼近。

看着离自己越来越近的赵天财,时传梅突然吓得大哭起来。

时传祥急了,刚要动手揍豆鼠子,时传珍拉住了弟弟的胳膊,悄声说着:"老四,别惹祸。"之后,使了个眼色,朝山上看去。

噢……时传祥明白了,山上有牛粪……

于是,时传祥拉起时传梅就往山上走。

豆鼠子在后面紧追。

时传祥拉着时传梅七绕八绕,把豆鼠子给绕蒙了,眼见跟不上了,他就放出了黑狗。

"咬……咬死他!"豆鼠子跳着脚喊道。

这一跳脚不要紧,他正好一脚踩在牛粪上。湿

乎乎的牛粪使他的脚一滑，豆鼠子摔了一个四仰八叉，接着就像滚石头般从山坡上朝山下滚去……

豆鼠子在一块大石头旁停住了，头上撞出一个大包。"哎哟妈呀！"他捂着头打着滚儿哭叫。

"哈哈哈！"时家兄妹开怀大笑，"该该该，该该该！欺负人，你挨摔！"说完，兄妹四人挎着菜筐下了山。

后来怎么样了？

豆鼠子吃了哑巴亏，他爹赵老乐也王八钻灶坑——憋气又窝火，说不出啥来。

"时家小兔崽子等着，会有你们好看……"赵老乐牙齿咬得咯咯响。

自己的妹妹受到了欺负，时传祥作为哥哥理所应当挺身保护。村子里别的小伙伴被赵天财欺负了，时传祥也当仁不让，他朝赵天财一瞪眼，就吓得赵天财赶忙后退。

时间长了，小伙伴们不叫他时传祥，都叫他时老四，听上去有一股江湖好汉的味道。

爹爹时圣茂见孩子们叫时传祥时老四，在心里头嘀咕，这孩子，天不怕地不怕的，别惹出啥祸来。

俺是一头牛

时圣茂那六亩二分地在山坡上，不是一层盐碱就是一堆石子，远远望去秃疮似的，不用说长庄稼，就是荒草也不乐意到这地方扎根。

虽说地不好，可毕竟是能活命的唯一指望啊！

时圣茂像对待儿女一样善待他的土地。

小草悄悄爬上了坡地，黄色的野花星星点点，金翅雀站在榆树枝上叽叽喳喳地鸣叫，春天来了。

时传祥侧耳听了一会儿，说："传梅，你听见啥在叫唤了吗？"

时传梅指着树上的鸟儿，说："叫得这么好听，除了金翅雀，还能有啥鸟？"

"还有春暖儿。"时传珍边低头挖着苦麻菜

边说。

时传海手里拿着一朵紫茄子花说:"还有乌鸦。"

"哇——哇——哇!"

真的有一群乌鸦从山里飞出来,从他们头顶上掠过,发出粗哑的叫声。

大家的目光追着乌鸦,一直追到山坡下……

这时,爹和娘的身影进入他们的视线。

时圣茂扛着一副木犁,时吴氏肩上背着绳套。他们躬着腰走得很慢,就像是在犁地一样,看起来非常吃力。

"爹!娘!"

孩子们高声叫着奔下山坡。

时传祥抢先跑了过去,从爹的肩头接过木犁。

"你扛得动吗?"时圣茂双手撑着犁杖问。

"扛得动!"时传祥已经把犁杖扛在了自己小小的肩头。

时传珍过来托住犁杖说:"俺也来帮忙。"

时传祥拨开时传珍的手说:"三哥,俺扛得动。"

时传梅走过去,从时吴氏肩上拿下绳套背在自己肩上,说:"绳套俺背得动。"

看着孩子们这么懂事,夫妻俩乐得合不拢嘴。

孩子们跟着爹娘来到自家的地头停下脚步,望着将要开犁的地。

老时家没有牛,犁地要靠人来拉。

往年,都是妻子扶犁丈夫拉犁,丈夫累了,就跟妻子换一换。夫妻俩交替着犁地,起早贪黑地干,要四五天才能把地犁完。

时圣茂冲孩子们摆摆手说:"让开点,我跟你娘要犁地了,别碰着你们。"

孩子们听话地站在一旁,看着爹娘犁地。

时吴氏把绳套的一头拴在犁头,另一头搭在自己的肩上,然后扭头对丈夫说:"扶好,开犁喽!"

"开犁!"时圣茂用肩膀抵住犁柄,双脚用力蹬地,腰直直地挺住,就像一张大弓。

时传祥和兄妹们齐声喊:"开犁啦!"

时吴氏绷直绳套,时圣茂扛住犁柄,犁铧切入土里,徐徐前行,翻开了泥土,泥土散发出新鲜的土腥味。在阳光下,时圣茂看到了泥土在微笑。

一条垄犁到头了,时圣茂直起腰杆扯下搭在脖子上的手巾,替妻子擦擦额头上的汗水说:"累了吧?"

妻子摇头说:"不累。"

"净说傻话,拉犁哪有不累的?"

"你扛着犁比俺累。"

时传祥跑过来说:"爹,娘,你们都累了,歇歇吧!下一条垄我来犁。"

"俺来扶犁。"时传珍扶起犁柄。

"俺来拉!"时传祥把绳套搭在肩头,扭头对时圣茂说,"爹,俺是一头牛!"

时圣茂看着老四这股牛劲,打心里高兴,于是点了下头。

时吴氏不干了,虽说老四长得比老三壮实,但毕竟还是个孩子呀!哪能让嫩小的肩膀拉那么重的犁杖呢!于是她一瞪眼,大声喝道:"撂下!"

别的孩子都一激灵,扭头瞅着时吴氏。

时圣茂嘿嘿笑了,对妻子说:"老四不是头牛,可也是个牛犊子,牤牛犊子。"

时传珍和时传海、时传梅都笑了,指着时传祥说:"牤牛犊子!牤牛犊子!牤牛犊子!"

时传祥也笑了,说:"俺就是头牤牛犊子!来,开犁!"

"嗨哟——"

时传珍扶犁,时传祥和时传海、时传梅拉犁,大家一边使劲儿,一边呼喊着。犁杖拉起来啦!犁铧把泥土翻起来啦!

时圣茂看在眼里,喜在心头,默默念叨:"就冲老四这小子的牛劲,往后会有出息的。"

孩子毕竟是孩子,借着一上来的猛劲还行,可犁出去没有三丈远(1丈约等于3.33米),扶犁的时传珍腰杆就塌下去了,腰挺不直腿就软了,犁铧变得歪斜不走直线了,垄台就变得弯弯曲曲的了。

时传祥虽说是铆足劲儿在拉,可也开始气喘吁吁了,汗水不断地滚下额头,但他咬着牙不吭声。

时传梅和弟弟时传海早就拉不动了,与其说是在拉,不如说是在跟着四哥走。

爹娘看着孩子们摇摇晃晃的样子,赶忙上前叫住了他们。

"放下吧!"时圣茂从时传祥肩头取下绳套,"别逞强,有这个心就行了。"

时传祥硬挺着身子说:"爹,俺还有劲儿……"

"瞅你喘得，就是嘴硬。"时圣茂说着，掀开时传祥的衣服，见他肩头已经勒出殷红的血印，就拍拍儿子的后背，心疼地说："老四啊！快到地头歇着吧！"

时吴氏也过来了，冲时传祥肩头的血印吹着气，问："疼不疼？疼不疼？……"

时传祥把衣服拉上，说："娘，现在疼，等会儿就不疼了。"

时传珍、时传海和时传梅也关心地凑过来看。

时传祥推开他们说："你们别添乱了，都到地头待着去。"

时传珍说："那你呢？"

时传祥说："俺帮爹拉边套。"

时传珍说："你的肩膀不是勒出血印了吗？"

时传祥拍拍另一边的肩膀，说："不是还有这边吗？"

"别拉了。"时吴氏推开时传祥，"还是我跟你爹犁地吧！"

"不！"时传祥犟劲儿上来了，脖子一梗，"俺爹说俺是一头牤牛犊子，俺就能拉套，就能犁地。"

时吴氏说:"你这不是还没长大吗?"

"咋没长大?"时传祥挺直身子,"你看,俺比三哥都高。"

时圣茂拉过时传祥,捏捏他的胳膊,说:"以后会长成大牤牛的。"

"是啊!"时传祥冲时吴氏做了个鬼脸,"等俺长大了,长成一头大牤牛,这么大一片地俺全包了,拉起犁杖一会儿就犁完了,让你们坐在地头歇着。"

"好儿子……"时吴氏一把搂住时传祥,眼角湿润了。

"来!爹,咱们一起拉!"时传祥说着,把另一根绳套搭在肩头。

"来吧!"时圣茂也把绳套搭在肩头,说,"咱们爷儿俩一块儿拉!"

前边爷儿俩拉绳套,后边时吴氏扶犁,阳光把三个倔强的身影投在贫瘠的土地上,把三个人脸上的汗水照出刺眼的光芒。

半袋苞米面

地犁完了,起垄了,撒肥了,下种了,小苗出土了,时圣茂一家人接着就在地里忙着锄草、抓虫子,眼巴巴盼着秋天能有个好收成。

可是天不遂人愿,雨水不足,加上土地贫瘠,咋能有好收成?六亩二分地,打下的苞米面总共才五口袋,上秤称顶多也就六百斤。眼瞅着孩子们一个个长大,饭量也跟着变大,这点粮食能吃到过冬就不错了。

孩子们都睡着了,时圣茂坐在炕沿上,眼睛发直,瞅着堆在墙角的那几袋子苞米面,一个劲儿地叹气。

妻子懂得丈夫的心思,轻声说:"过一时是一时，光愁也不顶用。早点睡吧!"

时圣茂躺回炕上，妻子给他盖上被子，说:"趁榆树叶子还没掉光，明天天一亮我就带孩子们撸树叶子去。"

"这也够你忙活的了。"时圣茂又叹了口气，"你也快睡吧! 俺明天到镇子里看看有啥活儿没有。"

"刚收拾完地，你歇两天吧!"妻子劝他。

"歇不得呀!"时圣茂说，"孩子们好几张嘴等着吃的呢!"

"镇上的活儿好找吗?"

"不好找也得找啊!"

"俺说你再歇一天……"

"不歇了，天一亮就走……"

"先瞅瞅，没活儿就赶紧回来。"

"咋说也得把活儿找着……"

这一夜，时圣茂怎么也睡不着，那几袋苞米面和孩子们的脸庞，交替着在他眼前闪现……苞米面掺些榆树叶子，也许能挺过这个冬天。等到了春天，地里长出了野菜，或许会好一点儿。

天还没亮，时吴氏就悄悄从炕上爬起来，到外屋生火，做了一锅苞米面糊糊。等太阳从东山头探出头来，时传祥第一个醒来。

他推推身边的时传珍，说："三哥，别睡了，你闻闻……"

时传珍醒了，抽抽鼻子，说："苞米面糊糊。"

时传梅也醒了，揉着眼睛说："娘把饭做好了……"说着又要躺下。

时传祥拉住妹妹，说："别睡了。你忘了今天咱们要干啥去了？"

"哦！我想起来了。"时传梅说着就坐起来开始穿衣服。

时传珍推醒了时传海，说："快穿衣服。"

孩子们把衣服穿好，把被子叠整齐，一看，爹不见了。

"娘，俺爹呢？"时传祥冲外屋喊道。

"你爹喝了一碗糊糊就走了。"外屋传来时吴氏的声音。

时传祥问："上哪儿去了？"

"镇里。"时吴氏说着把饭桌搬到炕上，"你们快吃,吃完了上山去撸榆树叶子。"

孩子们听话地喝完糊糊,就拿上麻袋跟着时吴氏上了山。

这边,时吴氏领着孩子们上山撸榆树叶子;那边,时圣茂也已经赶到了镇上。

虽说时圣茂家的地已经收割完了,可别人家的地里还忙得很。特别是恶霸赵老乐家,他家的地多得连成片,雇短工也干不过来。

时圣茂不愿意给赵老乐家干活儿,才跑到镇里找活儿的。

"躲你远点……"时圣茂发现赵老乐时不时就到他家六亩二分地那儿晃悠,这想偷吃的猫总是绕着圈趸摸,赵老乐肯定没安好心。

时圣茂来到镇子上,碰到了熟人老奎。

老奎一听时圣茂说是来镇上找活儿干的,就答应帮忙,带着他来到一个钱庄——乐天钱庄。

"这家钱庄老板我熟悉。"老奎指了下门面,"我进去问问。"

时圣茂瞥了一眼钱庄的牌匾,那个"乐"字看着挺别扭,是因为赵老乐的缘故吧!

不一会儿，老奎出来了，招呼时圣茂："快进来吧！"

"说妥了？"时圣茂问。

"妥了。"老奎说，"跟老板说好了，干一个月，给一石（担）苞米面。"

时圣茂在大门口停了下来，问："干啥活儿？"

"不累的活儿。就是打更，其他再干点杂七杂八的零活儿。"老奎说，"中不？"

"中，中！"时圣茂边答边问，"东家是谁？"

老奎却没有回答，时圣茂也就没再问。

两人说着，就走进了钱庄大门。

再说家里，半个月过去了，时传祥忍不住又问时吴氏："俺爹还不回来，咋没个信儿呢？"

"八成是找到活儿了。"时吴氏望着窗外，"找到活儿了，咋说不得干个十天半个月呀！"

时传祥惦记着爹，说："俺上镇里找找，看爹干啥活儿呢！"

娘儿俩正在说话间，院子里响起了脚步声。

时传梅眼睛尖，喊了起来："爹！爹回来了！"

时圣茂背着半口袋粮食进了屋。

时传祥和时吴氏赶紧上前把口袋接下来,搁在炕上。

时传梅赶忙打开口袋,叫了起来:"是苞米面!"

时吴氏拿起笤帚给丈夫打扫身上,问:"累了吧?快上炕歇歇。"

"这是五斗苞米面。"时圣茂上了炕,乐呵呵地说,"干半个月的工钱,往后,还有好活儿干呢!"

时传祥问:"爹,你给谁家干活儿?"

时圣茂说:"乐天钱庄。"

时传珍凑过来问:"爹,活儿累吗?"

"不累,就是打打更,干点零活儿。"时圣茂拍拍儿子的后背,"再出去,爹带上你,跟爹一块儿挣吃的。"

"钱庄?"时传祥想了想,"爹,赵老乐家在镇上也开了个钱庄。"

"嗯……"时圣茂心里犯起了嘀咕。

赶猪陷阱

时圣茂从镇上临走时,老奎跟他说东家要建个养猪场,问他泥瓦匠的活儿干不干。

时圣茂立马说:"干啊!"

老奎说:"你再带个帮手。"

时圣茂想了想说:"俺带上俺家老四。"

老奎说:"你先把粮食送回家,两天后开工。"

"多谢老奎兄弟啦!"时圣茂真的很感激老奎帮他找到了好活儿,"等挣了钱,俺要好好请你喝一顿。"

"都是兄弟,客气个啥。"老奎豪爽地说,"穷帮穷,没啥说的。"

时圣茂盼着挣钱,没在家多待,第二天就带着时传祥去镇里了。

养猪场建在镇子的东边,东家要求在寒冬上冻之前把场子建好。为此,时圣茂和时传祥,还有十多个泥瓦匠,白天黑夜连轴转地干。

时间一晃,两个月过去了,刮起了北风,飘起了雪花,养猪场终于建起来了。

经过两个月的劳作,也经过了两个月的历练,时传祥感觉自己成长了许多。养猪场建完了,该拿上工钱回家了。可是东家是谁呢?他和爹都不知道。问老奎,老奎只说:"管他是谁呢,给钱就干。"

"啥时候结账?"时圣茂问老奎。

"结账?"老奎摇头,"难道不想再挣大钱了?"

时传祥问:"老奎叔,咋能挣大钱?"

老奎说:"钱庄老板说了,养猪场建好了,有一批猪养得肥了,过阵子卖掉,得把猪赶到县城去卖。"

"赶猪?"时圣茂问,"从哪儿赶?"

老奎转身往北指了一下,说:"从咱们赵官镇赶到县里。这不眼瞅着快要过年了,在县里猪肉能卖个好价钱。"

时传祥往北看了看，嘀咕着："这么远啊！"

"远？不远能挣大钱吗？"老奎一脸神秘地靠近时圣茂，说，"别人想干俺还没举荐呢！俺是看你们爷儿俩老实、厚道、靠得住。"

时圣茂沉思了一会儿，问："老奎兄弟，钱能挣得这么容易？"

"当然了。"老奎沉吟了一下，"没经过你同意，为了发财嘛，俺用你们爷儿俩建养猪场的工钱，买了四头猪。把这些猪一起赶到镇里卖掉，能多挣一笔。"

时传祥一直琢磨着，老奎为什么这么好心帮他们挣钱呢？常言说，无利不起早。人家东家能让你轻轻松松地把钱挣到手？于是问道："老奎叔，俺们要赶多少头？"

老奎掐指算了算，说："加上你们爷儿俩的四头，总共五十八头。"

"这么多啊！"时传祥脱口而出。

"猪是多了点，可钱不少挣啊！"老奎说，"就这一趟，至少能挣十块银圆。还有，到时把你们的四头猪卖了,挣得更多。"

时圣茂激动得搓着手,说:"好,好!没有啥别的了吧?"

老奎说:"东家把这么多头猪交给你们爷儿俩,要是猪跑了、丢了、死了,咋办?"

时传祥问:"要俺们赔?"

"不是赔。"老奎说,"为了保险,得立个文书,让人家放心。"

时传祥说:"俺们家哪有那么多钱赔?用啥立呀?"

老奎说:"没有钱,不是有地嘛!"

时圣茂说:"可俺家只有六亩二分地,值不了那么多猪钱啊!"

时传祥接着说:"是啊!"

老奎忙摆手,说:"不是要你们家的地,只是做个样子,要你们爷儿俩好好赶猪。"

"那好吧!"时圣茂不住地点头。

于是,老奎找来钱庄账房,铺上草纸,写了文书。内容大概意思是:时圣茂为乐天钱庄赶五十四头猪,从赵官镇完好无损地赶到齐河县城里,工钱是十块银圆。猪如有丢失或死等损失，时圣茂愿以本家六亩二分耕地予以赔偿。

立据人是时圣茂、赵鸿财，见证人是老奎，执笔人是王疏德。各自签字画押，一式两份，时圣茂一份，钱庄一份。

小小的时传祥虽然还不懂得这份文书的重要性，可心里还是替爹爹担心，他悄悄地跟时圣茂说："要是猪跑了可咋办？"

"那就听天由命了……"时圣茂也没别的法子。

工钱讲好了，文书写了，也画押了，接着就是赶猪了。

赶猪并不只有时圣茂和时传祥两个人，随行的还有钱庄老板的侄子赵匋然和两个家丁。他们坐着马车，跟在猪群的后面，根本不是帮着赶猪的。

"他们跟着咱们想干啥？"时传祥小声地跟爹爹嘀咕，"这几个家伙，俺越看越不顺眼……"

天有不测风云。

时传祥跟着时圣茂走出赵官镇的第三天早上，突然变天了。先是刮起了北风，接着乌云就大团大团地压了过来，天阴得像黑锅底，翻腾着要压下来似的。

时传祥仰头望着黑云,心里有点怕,转头对时圣茂说:"下雪可咋办啊?"

"别怕。"时圣茂抬头看了看天,说,"下多大的雪也别怕,只要猪别跑丢了就行。"

雪说下就下,鹅毛般的雪片悄无声息地落了下来。转眼间,旷野白茫茫一片,大山、树林、道路都像是被巨大的白布单子盖住了一样,分不清哪是天哪是地。

赵訇然和两个家丁坐在车上,身上裹着棉被有说有笑。

时圣茂爷儿俩被大雪困住了……前面白茫茫的看不见路,五十来头猪该往哪儿赶?

时传祥毕竟是孩子,没遇过这样的情况,惴惴不安地问爹:"这猪还能往前赶吗?"

时圣茂也没料到天气会变得这么糟糕,对儿子说:"老四,你在这儿守着,俺到前边把猪赶回来,咱们先在土崖避避雪。"

时圣茂说着跑到前边,把猪群赶了回来。

土崖围着的地方有一片洼地,背风,猪群一进去就消停了。

赵訇然见猪群没事了,就对时圣茂说:"把猪群看好,俺到前头村子里等你。"

"驾!"马车很快消失在雪雾里。

时圣茂爷儿俩等了足足有两个小时,手脚都冻僵了,身子也冻透了。

大雪终于停了,天也放晴了,四野清亮,道路虽然被雪盖住了,可还能辨得清方向。

"上路吧!"时圣茂搓着手对儿子说,"跺跺脚,活动活动筋骨。"

时传祥跺着脚,把猪群赶出洼地。

虽然雪停了,可又起风了。呼啸的北风刮着雪花顺着大道疯跑,吹着猪群,也吹着两个赶猪人。

时圣茂和时传祥被北风推着走,雪花钻进他们的棉衣,灌进他们的脖子,他们身上的棉衣棉裤很快就变得像铁板一样又硬又凉。

"爹!要是生把火,烤一会儿……"时传祥冻得受不了了。

时圣茂看了儿子一眼,说:"忍着点吧,千万别把猪冻着……"

34　中华先锋人物故事汇　时传祥

可是大雪过后天气变得更加寒冷,眼看着猪群里的猪渐渐没了力气。

走到太阳快要落山的光景,有个村庄出现在前边。可是,猪群还没走到村子,走在最后面的一头猪就扑通一声倒下了。

时圣茂一惊,赶紧上前抱起那头猪,想用自己的体温让猪暖和过来。可是,一天没有进食的猪,哪还受得了这么寒冷的天气啊!

猪群里,又有一头猪倒下了……

时传祥慌得不知如何是好,只是一声接着一声地喊着爹。

"老天爷,你是要灭俺时家啊——"时圣茂长号一声,也倒在了雪地里。

走向北平

时圣茂和时传祥没能把所有的猪赶到县城。在半路上,边走边有猪倒下,冻死了。

这时,钱庄老板的侄子赵訇然的马车就派上用场了,他让两个家丁把死猪抬上车,在后头跟着。冻死的猪越来越多,马车装不下了,赵訇然就到附近的村子里贱卖。等到了县城,活着的猪只剩三十二头了。

时圣茂瘫坐在地上,望着剩下的猪,眼神越来越空洞……

"爹!爹!"时传祥摇晃着爹,叫唤着,"爹你咋的啦?"

"哇——"时圣茂一口鲜血喷出来,身子软软地瘫了下去……

按照文书上的约定，死了这么多头猪，时圣茂的六亩二分地顺理成章地赔给了钱庄，而这个钱庄，是赵老乐开的。

时圣茂这才明白，原来老奎推荐他们干赶猪的活儿是个陷阱啊！赵老乐打的主意是时家的六亩二分地。越是明白，越是痛苦。一病不起的时圣茂没熬出两个月，就告别了人世，离开了妻子儿女……

时圣茂冤死了，地也被恶霸骗了去，时家的孤儿寡母往后该怎么活呀？

为了全家能活命，绝望的时吴氏只好把女儿时传梅卖给人家当童养媳，换回救命的粮食。

时传梅被接走的那天，时传祥听着妹妹的哭喊声，心都碎了……

"不是娘狠心啊！"时吴氏搂着儿子喃喃地说，"传梅到了好人家，能吃饱。她给咱们家换回的粮食，又能救你们兄弟几个的命，可就是苦了传梅呀！"

"娘，听说二叔要到北平去淘粪挣钱。"时传珍站在时吴氏面前，说，"俺也去淘粪，给家里挣钱。"

当娘的怎么舍得儿子离开身边？可不让老三走吧，孩子们正是长身体能吃的时候，上哪儿去弄粮食啊？

"去吧！"时吴氏说着把头扭到了一旁。

时传珍还是看到了时吴氏眼角的泪光，他鼻子一酸，眼泪也滚了下来，说："娘，等着俺捎钱回来。"

老三时传珍走了。

一晃一年过去了，始终没见老三捎回钱来。

这天，时吴氏正瞅着空空的米袋子发呆，时传祥走到她身边，低声说："娘，别愁。"

时吴氏抖着手里的空米袋子，说："又揭不开锅了，让娘咋不愁啊！"

"娘，俺去北平找三哥。"时传祥终于说出了想说的话。

"你也去淘粪？"时吴氏瞅着时传祥的眼睛，说，"看来，你三哥去淘粪没挣到钱。你才十四岁，娘是怕你吃不了那个苦啊！"

"找到三哥，俺哥儿俩一块儿挣钱。"时传祥安慰时吴氏,"三哥为人老实厚道,肯定是受人欺负了,俺去了,兄弟两个人就没人敢欺负了。"

时吴氏见挡不住时传祥去北平,只好点头。临走时,时吴氏给他做了七个饽饽当干粮,叮嘱儿子:"到外头别使性子,别惹祸,好好干活儿。挣多少钱是小事,别伤着,别病着是大事啊!"

时传祥答应着,含泪离开了时吴氏,离开了家,走上去往北平讨生活的路。

从赵官镇到北平,要走上千里路。没钱住店,可以睡在野外;可没有吃的,怎么有力气赶路啊?

时吴氏给时传祥带的七个饽饽,就算是省着吃,三天不到也就吃光了。

跟时传祥一块儿去北平的还有同村的三个伙伴,他们也是去干淘粪活儿的。同样,他们带的干粮也很快就吃光了。

肚子已经不再咕咕叫了,因为"饿透腔了",肚子里一点儿食物都没有,连叫都不叫了。

四个小伙伴饿得实在走不动了,来到一个村头,见有一座破庙,就进了破庙歇歇脚。

刚一进门,供桌上的供品让时传祥眼睛一

亮——咦,馒头!

他一下子扑过去,把馒头抓在手里。

同时,那三个小伙伴也扑到时传祥面前。

大家互相看着对方,谁也不吭声。

时传祥坐下来,三个小伙伴也坐下来,眼睛直直地盯着馒头。

"正好,一人一个。"时传祥把馒头分到小伙伴手里,说,"去北平的路还很长,俺们有福同享,有难同当。"

三个小伙伴没人吱声,默默地啃起冻得硬邦邦的馒头。

他们真是幸运,也许是因为没过正月,还有到庙里上供的人,破庙里才有四个馒头。

时传祥看着大家啃着石头似的冻馒头,说:"找些柴火,生着火,烤烤馒头,也烤烤身子,暖暖和和地在庙里过夜。"

大家一起动手,很快捡来一堆柴火,点着了,燃起红红的火苗。大家把馒头放到火堆边上烤,烤软了,再吃就不用啃了。

吃着馒头,烤着火,肚子里有食物了,身子

也暖和了，小伙伴们挤在供桌下，渐渐进入了梦乡……

"汪汪汪！"

狗叫声惊醒了破庙里的孩子们。

时传祥头一个跳起来，抄起一根木棍，把小伙伴们挡在身后。

一条大黑狗，在庙门口龇牙咧嘴地狂吠，口水顺着尖利的牙齿淌下来，看样子它要一下子扑过来。

时传祥握着木棍，摆好架势，随时准备迎击恶狗。

"嘻嘻嘻！"

恶狗身后传来男孩子的笑声。

随后，庙门口探出一个头戴狐狸皮帽子的富家男孩，他后面还跟着一个瘦得像干萝卜似的男人。

"咬，咬这些穷鬼！"瘦家丁指挥着恶狗。

男孩拍手跳脚地叫："咬穷鬼，真开心！咬穷鬼，真好玩儿！"

那三个小伙伴躲在时传祥身后，吓得打哆嗦。

"俺说跑，你们就撒丫子跑。"时传祥对小伙伴们说,"腿脚麻利点。"

说时迟,那时快,就在恶狗扑上来的瞬间,时传祥挥起木棍,照着恶狗的脑袋狠狠地打下去。

"嗷——"

恶狗一声惨叫,夹着尾巴逃出庙门。

"跑!"时传祥大喊一声。

那个富家少爷和瘦家丁还没回过神来,"穷鬼"们早就跑没影了。

时传祥他们拼命地跑出老远,回头看看没人追来,才松了一口气。

"传祥,你真够厉害的!"一个小伙伴竖起大拇指。

时传祥挥了下手中的木棍,说:"对待恶狗和恶人,你不怕他,他就怕你。"

"是啊!是啊!"

小伙伴们高声叫着,重新上路了。

前边的路还很遥远,伴随着他们的只有咯吱咯吱的踩雪声和呼呼的北风,可是只要前边有希望,再饿、再累、再苦也不怕!

穷帮穷

北平城,终于出现在时传祥眼前。

一千多里路,十四岁的少年时传祥用双脚整整走了十三天,历经千辛万苦,终于跨进了梦想的门槛……

可是,一只脚还没落下,他就扑通一声倒下了。

时传祥倒在京城的一条胡同里。

当时,天还下着雪,大朵的雪花静静地落下,落到地上、房屋上、街道上……落到时传祥的身上,渐渐覆盖了他那破烂的棉袄。

"馄饨喂——开锅——馄饨!"

一个老头儿挑着带火炉的馄饨担子走在大街

上，吆喝声断断续续。

"馄饨……"时传祥听到了叫卖声，眼前闪现出蓝边大碗，热乎乎的汤上漂着葱花，冒着白汽，汤里漂着一个个包着肉丸的馄饨，吃一口，真香啊！"馄饨……"他念叨着，睡了过去。

顺着叫卖声的方向，走来一个人，他摇摇晃晃地走近时传祥躺倒的地方。

越走越近，越走越近……

"哎呀！"

那人脚下一绊，打了个趔趄，差点儿摔倒。

"谁？"那人低头细看，原来地上躺了个人。

他俯下身子，拨掉这个人脸上的雪。哦！看清了，是个半大小子。

"孩子，醒醒，快醒醒！"那人摇晃着时传祥，不停地叫着，"可不能睡在雪地里啊！再不醒，可要了命哪！"

"是爹爹，还是娘？"恍恍惚惚中时传祥听到有人在叫他，难道俺还睡在家里的炕上吗？

"醒醒，快醒醒！"

时传祥终于睁开了眼睛，见眼前是个老头儿。

"醒了……"老头儿松了一口气，喃喃地说，"冻不死了。"

"大爷，"时传祥抓住老头儿的胳膊问，"俺是在哪儿？"

"这儿是北平啊！"老头儿说，"北平的操手胡同。"

"到了，终于到了……"时传祥长长出了一口气，一咬牙坐了起来。

"小子，你是走亲戚，还是逃荒到这儿？"老头儿扶起时传祥。

虽然身子摇晃着，但时传祥还是站了起来。"俺是来找营生的……"他说着就要往前走，可腿硬得像木头棍子，他打了个趔趄。

老头儿赶紧扶住时传祥，说："看来是饿坏了，快到我家暖和暖和。"

"大爷，您家……"时传祥看了下四周。

"不用看了，这就是我家门口。"老头儿说着，把时传祥搀进了院门。

听到外面有动静，从屋里出来一位满头白发的老太太，冲老头儿说："天下这么大的雪，你怎才回来？"

"别问了，快往灶坑里添把柴火。"老头儿说，"老伴儿，这小子倒在咱们家门口了。"

"怕是饿的……"老太太赶紧生火。

时传祥在炕头坐下来，看了看四周，房屋破破烂烂，屋里没有一件像样的家具，窗户还是用纸糊的，风一吹，呼啦呼啦响。看来，大爷也是个穷苦人。

不一会儿，老太太端着一碗米汤进来，说："孩子呀！先喝下去，暖暖身子。"

时传祥怔怔地望着两位老人……

老头儿说："喝吧！"

老太太把碗递到时传祥嘴边。

"俺……俺喝。"时传祥鼻子一酸，眼泪簌簌地落在碗里。

"孩子，别哭。"老太太抚摸着时传祥的头，说，"咱们都是穷人，穷帮穷，才能活下去。"

一碗米汤下肚，时传祥就觉得有一股暖流通遍全身，每根血管都热了，热得发烫，精神头也上来了。

"这下好了。"老太太看着时传祥,问,"孩子,你这是上哪儿呀?"

时传祥小声地说:"俺……俺也不知道上哪儿。"

"那你到北平是来干啥的?"老头儿问,"找亲戚?"

时传祥说:"是找亲戚。"

老太太问:"啥亲戚?住在哪儿?"

时传祥说:"找俺三哥,他在哪儿俺也不知道。"

老头儿问:"你三哥叫啥名儿?"

时传祥说:"叫时传珍,对了,俺叫时传祥。"

老头儿低头琢磨着:"时传珍,时传珍……"

老太太提醒说:"老头子,我听你念叨过,你们淘粪的人里头,有个老实巴交的孩子叫啥传珍?"

"哦!"老头儿一拍脑门儿,说,"瞧我这记性,想起来了,是有个叫传珍的。"

"他在哪儿?"时传祥一把抓住老头儿的胳膊,"大爷,带俺去找他。"

老头儿摇头,叹了口气,说:"不是在哪儿,是这孩子被几个地痞打了,让我遇上了,总算没被打死。"

"凭啥打人?"一股怒火烧到时传祥的心口。

"唉——"老头儿叹了口气,说,"不因为啥,地痞就说他的粪桶蹭着了人家的衣服。唉,说打就打……"

"俺三哥没事吧?"时传祥问,"他在哪儿淘粪?"

老头儿往窗外瞥了一眼,说:"就在这片,应该能碰上。"

能找到三哥了,这下可好了,哥儿俩一起在北平打拼,就不怕挣不到钱。想到这些,时传祥的心头热乎了,像生了一盆炭火。

"大爷,您贵姓?"时传祥这才想起问人家的姓名。

老头儿笑了,说:"我姓李,叫啥就不重要了,往后叫我李大爷就行了。"

"李大爷!"时传祥亲切地叫着,"李大爷,李大娘,你们救了俺的命……俺时传祥一辈子也不会忘记你们的。"说着,他便站了起来,扑通一声跪了下去。

"别价呀!"李大娘赶紧伸手去扶。

"麻利儿起来!"李大爷也拉着时传祥的胳膊,说,"都是穷人,没那么多说道。"

时传祥还是给二老磕了头,才回到炕上。

李大爷告诉时传祥,他也是淘粪的。他给城郊宣武门地面的粪霸"大眼贼"邵万升干了三十多年,眼下他快六十岁了,邵万升瞅他干活儿手脚不利索就不让他干了。时下那么多年轻人要干,留个老头子也干不了多少活儿,索性就把他辞退了。

今天,就是李大爷被辞退歇工的头一天,没想到在回家路上碰到了时传祥。

时传祥翻身下炕又是一跪,说:"李大爷,往后您就是俺师傅!"

"我都不干了,怎么当你师傅?"李大爷有点发蒙。

时传祥磕了一个头,说:"您老干淘粪活儿这么多年了,就是俺师傅。"又磕一个头,"您老肯定知道淘粪这行的许多门道,能指点俺。"再磕一个头,"从您老救俺,就看出您老是积德行善的人,您可以教俺咋做人。师傅!"

李大爷拉起时传祥,说:"好!好!你这个徒弟,我认了。"

"师傅!"时传祥高喊一声,声音哽咽了。

屎壳郎

时传祥拜过了师傅，李大爷就像收了个儿子，和老伴儿高兴得像个孩子，时不时哼两声京东大鼓，走路也变得轻快多了。

既然时传祥是来北平找营生的，作为师傅不能眼瞅着不帮忙啊！第二天，李大爷让老伴儿做了一锅混合面饽饽饼子，让时传祥先吃顿饱饭。虽说混合面是用豆饼、玉米芯、糠麸、野菜等混在一起磨成的面粉，可时传祥吃起来却觉得很香，吃得很饱。是啊！毕竟他半个多月没吃到一顿饱饭了。

吃完饭，李大娘说："把脸好好洗洗。"

时传祥洗完脸，李大娘一边操起笤帚给时传祥打扫身上，一边说："咱们穷是穷，可要穷得干净，别让人笑话咱们。"

李大娘的举动,让时传祥仿佛看到了母亲时吴氏的身影,他禁不住又眼窝发热……

时传祥跟着李大爷出了门,大街上的人不多,有的人在打扫自家门前的雪,有的人在抄着袄袖疾走,还有的人身上背着一个大木桶,胳肢窝里夹着一个长柄大勺子……

时传祥停住脚步看着这个人。

李大爷说:"别看了,你要干的就是他这活儿——淘粪。"

李大爷最熟悉淘粪的工作,别的好活儿也很难找到。

时传祥打量着那人身上的粪桶。粪桶是用木条拼成的,中间有四五道铁箍箍着,一根鸽子蛋粗细的藤条固定在桶上,就是粪桶的"背带"。虽然时传祥的个头儿要比一般孩子高,可粪桶的高度也不比他矮多少。

"这是粪桶。"李大爷指了一下,说,"往后,它就是你干活儿的家伙。"

他们正在说话的时候,几个穿着缎子棉袄,戴着皮帽子，手抄在狐狸皮袖筒里的男孩跑了过来，追在那个淘粪工的屁股后头，跳着脚喊——

唧里个唧，屎壳郎，
身上背着大粪缸。
唧里个唧，屎壳郎，
一路走来臭八方。
唧里个唧，屎壳郎，
屎里粪里脏又脏。
唧里个唧，屎壳郎，
打个喷嚏臭四方，
臭四方来臭四方！

"太欺负人了！"时传祥听着来气。

李大爷拍拍时传祥的肩膀，说："传祥啊！听见，就当没听见，不能生气呀！"

"我们淘粪的是屎壳郎，那他们是啥？"时传祥还是带着气地嘟囔着。

李大爷声音低沉地说："孩子，他们叫他们的，我们活我们的。不能觉得他们叫咱们屎壳郎，就觉着自己低人一等了。做人,要有骨气,要有志气,要挺直腰杆!"

"淘粪的也是人!"时传祥还是觉得生气,"师傅,俺要做个有骨气的人!"

"小子,好样的!"李大爷拍拍时传祥的肩膀,说,"他们唱《屎壳郎》,你也唱,唱着唱着就不气了。"

"真的?"时传祥不信。

"真的。"李大爷说,"往后你试试就知道了。"

"屎壳郎,屎壳郎……"时传祥唱了两句,狠狠瞪着那几个富家男孩的背影,说,"哼!你们就不拉屎?不拉屎,憋死你们!"

"屎壳郎……"李大爷笑了,说,"没有我们这些屎壳郎,那些富人怕是要被埋在粪堆里头喽!"

"哈哈!"时传祥开心地笑了起来,"让大粪埋到他们脖子边。"

"走吧!"李大爷叮嘱着,"等见到苗兰生苗老板,你别吱声,点头就成。"

时传祥答应着:"嗯!"

"对!就像这样!"李大爷说,"这个苗老板大眼贼，就是人们常说的'粪霸'，比地痞还狠，比无赖还赖，比流氓还坏。以后在大眼贼手下干活儿，可要少吱声，多干活儿，千万别惹事。"

"嗯！"虽然时传祥嘴上应着，可心里头老是觉着别扭。

"这个苗老板以前是王府的管家，清朝倒台后，王爷被赶了出来，他也成了丧家之犬。可就算是这样，他还是很有势力，没别的事干，就盯上了淘粪这行当，当上了粪霸。"

"粪霸！"时传祥跟在李大爷身后，听着姓苗的粪霸的事，脚步很沉，把积雪踩得吱吱作响。

"到了。"李大爷在一个非常气派的大门前停下脚步，说，"这就是他家。"

时传祥抬眼看去，两扇朱红色的大门关得紧紧的，门楣上悬挂着"苗府"的牌匾，门前两旁蹲着两座石狮子像，显示着地位和威严。

李大爷走上前叩了两下大门上的铜环，听了听，又叩了两下。

大门响了，打开一道缝。

"我，老李头。"李大爷冲门缝里说，"我有事见苗老板。"

"你等着。"门里的人应了一声,不一会儿就回了话,"进来吧!"

李大爷领着时传祥进了苗府。

来到苗家大厅,时传祥看到一个长得胖胖的、瞪着眼睛的家伙,坐在太师椅上,阴阳怪气地问:"我说老李头,工钱我都给你算清了呀!你怎么又来了?"

"不,不是工钱的事。"李大爷冲大眼贼弯了下腰。

大眼贼转了转眼珠子,说:"那是什么事呀?"

"苗老板,我来给您推荐个干活儿的小子。"李大爷拉了下时传祥,说,"我干不动了,给您拉来个小伙子。"

大眼贼转着眼珠子打量着时传祥,问:"叫什么名儿?"

"时传祥。"

"哦!听着挺吉祥的,十几了?"

"十四。"

"哪儿人啊?"

"山东齐河县。"

"给你一片地儿淘粪,你能干得了吗?"

"俺能!"

"哦……"

大眼贼站起来,走到时传祥跟前,伸手捏捏时传祥的膀子,抬脚踢踢时传祥的腿,再用拳头捶捶时传祥的腰。

时传祥明白这家伙在试他,便憋住气,一动不动。

"哈哈!"大眼贼笑了,说,"好小子,留下吧!"

李大爷问:"老板,您让时传祥干哪片啊?"

大眼贼说:"就你以前那片。"

李大爷伸手推了下时传祥,说:"还不赶紧谢过苗老板?"

时传祥冲大眼贼鞠了一躬,说:"谢谢苗老板。"

"好了,让老李头领你到那一片上看看吧!"大眼贼说完摆摆手,意思是"送客"。

从大眼贼家出来,时传祥对着关上的大门狠狠地啐了一口唾沫。

"走吧!"李大爷说,"领你到那一片看看,每家的茅房都要记牢靠,落下一家都不行。"

"嗯!"时传祥答应着,跟着李大爷走向新的生活道路。

不给鬼子行礼

从粪霸苗兰生的府邸出来，李大爷领着时传祥过大街，走小巷，穿胡同……把日后时传祥要负责清理粪便的每户人家都认得清清楚楚。

"转一次记不住的话，"李大爷伸手比画了一圈，说，"明儿个我再领你走一圈。"

别看时传祥不认字，可他记性好，不论什么事情，他只要听一遍就都能记得清清楚楚。于是时传祥回答："李大爷，不，师傅，走一遍俺就记住了。"

李大爷摇摇头，说："眼前的你是记住了，可还有你记不住的呢！"

"啥呀？"时传祥问，"还有啥，师傅快告

诉俺。"

李大爷稍微寻思了一下,说:"还有……就是平常要注意的'规矩'了。"

"您说吧!"时传祥停下脚步,抬头看着李大爷。

"要饭的叫'饭花子',人家管我们淘粪的都叫'粪花子',瞅见你过来了,大老远地就躲开了。不是怕你把大粪蹭到人家身上,就是怕你的臭味熏到人家。"

"屎尿哪有不臭的……"

"所以呀,你走在大街上、胡同里,买卖家门前、豪宅大门口、戏园子、饭馆子……想在这些地方歇一会儿,都要找个犄角旮旯,不能随便找个地方,搞不好你碍了谁的眼,就有人来找你的麻烦。"

时传祥一边听,一边不住地点头,答应着:"俺记住了。"

"还有,看见那些穿金戴银的小姐和太太,那些穿皮鞋的有钱人,那些日本人和汉奸,你都得躲远点,这些人咱可惹不起。"

"嗯，俺记住了！"

"没从厕所出来的时候，就要先盖好粪桶盖子，别让臭味冒出来。还有，平时要经常检查粪桶，别有漏的地方。万一漏了，在人家院子里洒上粪尿，麻烦可就大了。这些都得记住。"

"嗯，都记住了！"

在回家的路上，李大爷不停地给时传祥讲了又讲，生怕落下什么。

时传祥听了，感觉自己一下子学到了不少知识，也懂得了不少门道。他从心底感激李大爷这位好师傅。

卢沟桥事变后，日本鬼子的铁蹄踏进了北平。

大街上，除了行人，就是巡逻的日本鬼子、伪警察和汉奸军队。这些家伙晃着膀子横着走，动不动就故意找碴儿，不问青红皂白说抓人就抓人。轻的，把人打得遍体鳞伤再放出来；重的，不是被狼狗咬死，就是被直接枪杀……还有，不知道他们从哪天定下的规矩，见到日本鬼子都要行礼，如果不行礼，后果严重到可能会丢了性命。

人要是倒霉，喝口凉水都塞牙。

这天晌午，太阳毒着呢！火辣辣的阳光直射到时传祥的头上，烤得他汗水顺着额头往下淌，把眼睛眯住了。他推着粪车从胡同里出来，只顾低头擦着眼睛上的汗水，没注意到前边有人。

什么人？

日本鬼子。

"八嘎牙鲁！"

冷不丁的一声怒喝，突然在时传祥耳边炸响。

时传祥打了一个冷战，还没反应过来是怎么回事，后腰就被猛地踹了一脚，身体重重地撞在粪车上。

哗啦！粪车倒了，粪尿流淌得满地都是。

一时间，大街上臭气熏天。

"八嘎牙鲁！"

两个日本鬼子挺起刺刀，狂吠着逼向时传祥。

时传祥心里很清楚，鬼子冲他发火，是因为他没有给鬼子行礼。这个时候，就是汉奸、伪警察、特务、粪霸或是那些做买卖的有钱人，见了巡逻的日本鬼子，都要立正站好，恭恭敬敬地弯腰行礼，嘴里还要说着"太君好"。这时日本兵嘴上说的"八嘎牙鲁",会立马变成"幺西"。可是,眼前一个淘粪的"屎壳郎",看见鬼子竟然敢不行礼,这小命分明是不想要了。

嘟嘟!一胖一瘦两个伪警察吹着哨子跑过来,到日本兵跟前弯腰行礼。

"八嘎牙鲁!"

"太君,您老有什么吩咐?"胖警察冲鬼子笑着。

一个鬼子拍着自己胸脯,说:"我的,左木。他的,铃木。"

瘦警察忙接过话来说:"左木太君,铃木太君,我们大大地效劳。"

"他的,不行礼。"左木用刺刀指着时传祥。

胖警察冲时传祥瞪眼睛,说:"你个屎壳郎,见了太君怎么不行礼?"

时传祥解释着:"是汗水把俺的眼睛眯住了,俺刚好没瞅见啊!"

瘦警察抬脚就要踢,可看见时传祥身上满是粪水,便把脚收回来,说:"赶紧给我起来,给太君行礼！"

"刚才你看不见，这会儿能看见了吧！"胖警察从鼻子里哼了一声，说，"我们看见太君都得客气地行礼呢！你个粪花子还不赶紧给太君道歉行礼！"

时传祥还是趴在那儿不动。

铃木把枪一横，拨开警察，说："这个笨蛋，对大日本皇军不尊敬，还臭臭的。"

"死了死了的！"左木挺起刺刀，对着时传祥就戳了下去。

这个粪花子怎么这么犟！这两个警察眼瞅着时传祥就要被鬼子的刺刀捅死，可干着急也没法子呀！

嘟嘟！瘦警察突然吹起了哨子。

时传祥本想操起粪勺子跟鬼子拼命，可一想到师傅叮嘱他的话，就忍住了。再说，要真把小鬼子给打了，李大爷怕是也脱不了干系，肯定会被牵连。

那怎么办啊？

警察的哨声让鬼子左木和铃木一愣，趁着这个时候,时传祥一个驴打滚儿,躲开刺刀尖,爬起来拔腿奔向胡同就跑。

"呀呀!"

两个鬼子见淘粪的竟敢逃跑,气得跺脚怪叫,端起枪就追。

嘟嘟嘟!两个警察也装腔作势地吹着哨子,跟着追进了胡同。

好在时传祥对附近的环境非常熟悉,进了胡同就等于鱼入大海。他七拐八拐,七绕八绕,把鬼子和警察绕晕了。他们在胡同里乱跑乱叫,就是看不见时传祥的影子。

时传祥见鬼子和警察都被甩掉了,于是回到粪车那儿,推车就跑,很快就跑没影了。

美国兵

两个日本兵没追到时传祥,气得没地方发泄,所以两个警察倒霉了,日本兵打时传祥的拳脚都落在了他们身上。

平白无故挨了一顿揍,两个警察心里觉得冤到家了。

胖警察瘸着腿,咬牙切齿地说:"这个粪花子,等再让我看见他……"

"非打瘸他的腿!"瘦警察捂着肿起的腮帮子说。

冤家路窄。

这天傍晚,时传祥在收工回家的半路上,顶头碰上了胖瘦两个警察。

"好小子,自己送上门来啦!"瘦警察一眼就认出了时传祥。

胖警察把手中的警棍一横。"哈哈!这次看你往哪儿跑!落到我们哥儿俩手里,你说咋个死法?"

"你们……"时传祥也认出了这两个警察,连忙拱手说,"两位长官,俺没犯法呀!"

瘦警察把警棍抵在时传祥的脑门儿上,说:"上回我们帮你逃过一劫,却挨了一顿揍,你说咋办?"

"我们哥儿俩这冤上哪儿说去啊!"胖警察的眼睛里露出凶光,牙齿咬得咯吱响。

瘦警察厉声道:"说,咋办?"

"赔我们药钱。"胖警察张开手。

时传祥连连求饶:"两位长官,我一个淘粪的粪花子,饭都吃不饱,哪儿来的钱啊!"

"没钱是不是?那就别怪老子不客气了!"瘦警察手中的警棍砸落下来,时传祥只觉得脑袋嗡的一声,像炸开了的马蜂窝。

"啊!"时传祥的惨叫声还没落下,脑袋接着又被打了一棍子,随即摔倒在地上。

"粪花子,我让你装!"

"屎壳郎,去死吧你!"

说完,两个警察围着时传祥一阵拳打脚踢,时传祥趴在地上一动不动了。

"打死人啦!"

过路的行人见警察把一个粪花子打倒了,大喊起来,引来一大群人围着看。

这时,正赶上李大爷领着时传珍来找时传祥,听见有人被打,急忙挤进去一看,倒在地上的人正是时传祥。

自打时传祥上工后,李大爷就把寻找时传珍的事挂在心上。他每遇到一个淘粪工就问,每见到一个淘粪工就打听,今天终于找到了,就急匆匆来到了时传祥淘粪的胡同里。

时传珍怎么也没想到他跟弟弟居然会在这种情况下相见。他扑上去抱起弟弟,连连呼叫:"传祥,老四!你醒醒啊!三哥来啦!"

时传祥睁开眼睛,一下子搂住三哥,泪水止不住地流,哭着说:"三哥,三哥呀!你可来了。"

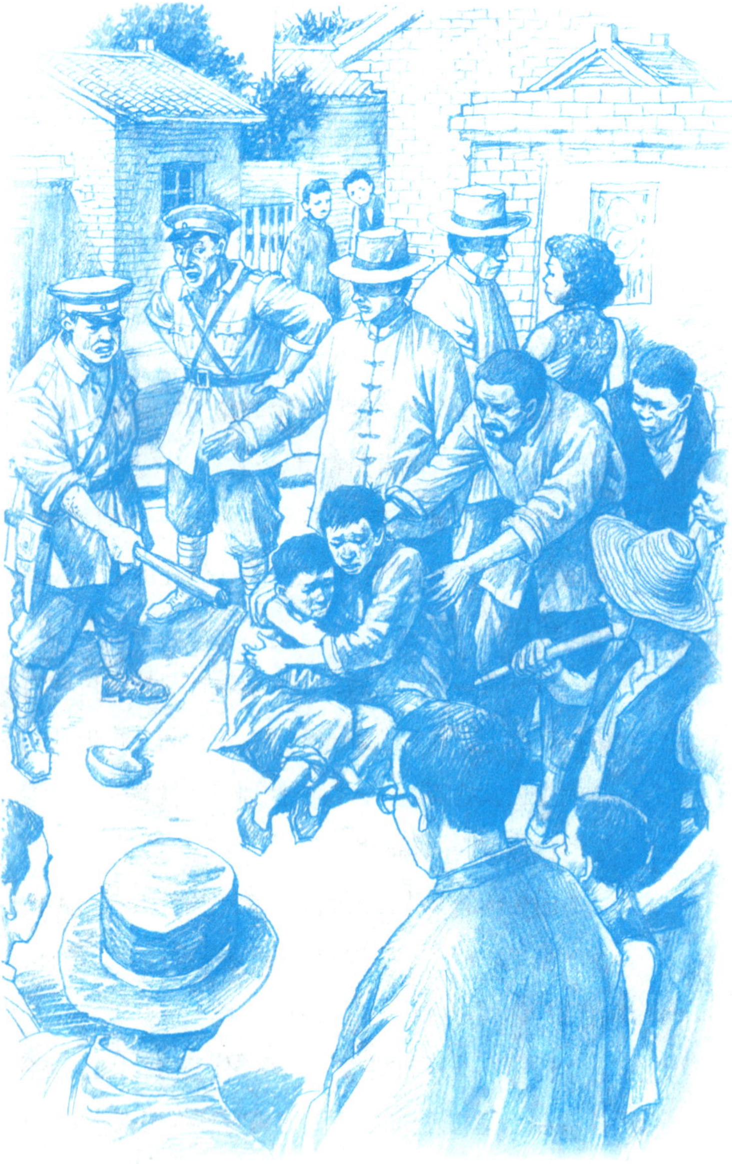

时传珍说:"是李大爷找到的俺,带俺来的。"

李大爷催促着:"别说话了,快找大夫给传祥瞧瞧伤吧!"

"来,老四……"时传珍蹲下来,把弟弟背到背上,说,"三哥背你回家。"

"我的粪桶和粪车……"

"师傅给你拉着。"

李大爷拉起粪车,跟着时传珍朝家走。

时传祥的头伏在三哥肩头,鼻子一个劲儿地发酸,泪水一个劲儿地流。

李大爷帮着找来一位老中医,给时传祥看过后,说这小伙子没伤到骨头,就是脑袋遭到重击受了损伤——脑震荡。不过,人年轻,养几天就会好的。

"脑震荡。"时传祥还是头一回听说。

时传珍手在衣兜里掏着,空空的衣兜当然什么也掏不出来。

老中医见此情景,摇摇头,说:"诊费我就不收了,算是积德吧!"

"谢谢大夫!"时传祥的眼眶又一次湿润了。

时传祥一连三天没上工，好在有三哥分给他一口吃的，他的脑袋渐渐地不迷糊了。

"俺不能在家待着了。"虽然走路还有点不稳，时传祥还是硬撑着拉起粪车上工了。

"小日本投降啦——"

抗日战争胜利啦！

人们走上街头，彩旗飘飘，锣鼓喧天，城里一片欢腾。

"这下好了，俺们要有好日子过了。"时传祥望着欢乐的人群，心里默默念叨着，"粪花子、屎壳郎再也不会被人欺负了……"

可是，让他没想到的是日本鬼子走了，城里又住进了美国兵。

李大爷对时传祥说："这些美国兵是帮国民党打共产党的，处事多加小心，别惹着他们。"

"嗯！"时传祥答应着，又问，"师傅，共产党是干啥的？"

李大爷朝四周瞅了瞅，贴着时传祥的耳朵说："共产党是替咱们穷苦人打天下的。"

"凭啥替咱们穷苦人打天下啊?"时传祥还是不明白。

李大爷说:"因为共产党解放军的兵也是穷苦人。"

爷儿俩正说着话,突然一辆吉普车开了过来。

"快躲开!"

没等李大爷的话音落地,美国兵的吉普车已经撞翻了时传祥的粪车。

哐当!

粪车被撞出两米多远,时传祥也被撞飞了。

"哈哈!Good(好极了)!"

蓝眼睛黄头发的美国兵停了车,指着倒在地上的时传祥,幸灾乐祸地嬉笑着。从他们的表情,看得出来他们是为了寻开心故意撞的。

一个美国兵走到时传祥跟前,指指粪车,再指指他的吉普车,然后捂住鼻子。

啥意思?

旁边有围观的人说,美国兵那意思是,你的粪车把他的车弄脏了,要你们赔偿。

时传祥的腿可能是被撞伤了,怎么站也站不起来。他向美国兵爬过去,指着自己的腿说:"你撞伤了我的腿,该给我看腿。"

两个美国兵你看看我,我看看你,然后哈哈大笑。笑过之后,坚硬的皮靴落到时传祥的头上、身上、腿上……

"啊!"时传祥惨叫着在地上打滚儿。

"住手!"一个戴着眼镜的青年女子上前制止,"你们这是侵犯人权。"

"NO(不)! NO!"

美国兵摇着头,手不停地比画,表示他们听不懂。

青年女子便改用英语,一通英语说下来,说得美国兵先是耸肩、摊手,再是摇头,嘴里不停地说着"NO"。

"请跟我去你们的军法处。"青年女子向美国兵营地的方向示意。

两个美国兵见势不妙,慌忙跳上吉普车,一溜烟跑了。

围观的人们七嘴八舌地问青年女子跟美国兵说了些什么,青年女子说,她在跟他们讲理呀!她说这是中国的土地,以前不许日本人横行霸道,现在也不允许美国人横冲直撞地欺负中国人!她是一名记者,明天她就会把美国兵故意撞伤中国公民寻开心的事公之于众,美国兵这才害怕了。

"哈哈哈!"

这次轮到中国人笑了。

见了太阳

日本鬼子投降了，美国兵消失了，国民党军队也投诚了，北平和平解放啦！

北平城回到了人民的怀抱里，天空是那么蓝，太阳是那么红，人们的脸上都洋溢着笑容，就连树上的乌鸦也似乎在哈哈地笑着。

一九四九年二月三日，农历正月初六。这天，北风呼呼地刮着，天气非常寒冷，可北平的大街小巷却像开锅一样沸腾。

人民解放军解放北平的入城仪式就要开始啦！

时传祥的儿子时纯庭六岁了，听着外面的锣鼓声和鞭炮声，在屋子里待不住了，嚷嚷着要去外面看热闹。

"在家待着，外面人多，别把你给挤丢了。"时传祥吓唬儿子。

妻子崔秀庭嗔怪丈夫，说："这么大的热闹不让儿子去看，说不定往后就看不到了。"

"去去！"时传祥抚摸着儿子的头，说，"跟紧你娘，别跑丢了。"

"我拉着娘的手，丢不了的。"儿子歪着头对时传祥说，"我要丢了，娘不也丢了吗？"

"臭小子！"时传祥开心地亲了一口儿子的小脸蛋，说，"走！爹爹陪你们娘儿俩一块儿去看热闹。"

这时已经是上午十点钟了，太阳高高地挂在天空，明亮的阳光好像把所有的房顶和街道都涂上了一层亮亮的油彩。

突然，四颗红色信号弹射向高空，就像天上悬挂着四个红灯笼。

解放军入城仪式开始了。

走在队伍最前面的是指挥车，它引导着装甲车队徐徐前行。第一辆车上插着指挥旗，红色的旗子迎风飘动着，仿佛是人们心中燃起的火苗。

驶入城里的装甲车队像一条铁做的河流,在北平前门大街上被欢迎的群众围了起来。学生们爬上装甲车贴标语。标语贴好了,又在炮管上写标语,最后连解放军战士的衣服上也被贴上了带有"庆祝北平解放!""欢迎解放军!""解放全中国!"字样的标语。

周围的群众高呼口号,时传祥也挥着胳膊跟着喊,小小的时纯庭也学着爹娘的样子喊,逗得时传祥和妻子止不住地乐。

解放啦!北平是穷人的天下啦!这怎么能不叫人高兴呢?

时传祥的心里暖暖的,像感受到了太阳出来的温暖。一九三八年,二十三岁的时传祥在家乡娶了崔秀庭为妻。五年后,有了儿子时纯庭。有了儿子,总不能老是过着媳妇儿子在山东、时传祥独自在北平这种两头够不着的生活呀!于是,时传祥东借西借,加上平时积攒的钱,在槐树街买下了一间小平房。房子虽然不大,只有八平方米,可毕竟有了自己的窝,毕竟是个家呀!

就这样妻儿也搬到了北平,三口人终于团

聚了。

回到家里，时传祥兴致犹在，哼唱起了《屎壳郎》。

"爹爹，啥叫屎壳郎啊？"儿子仰着脸笑着问，"是推粪球的屎壳郎吗？"

崔秀庭忙捂住儿子的嘴："别瞎说。"

儿子看着时传祥，说："爹爹唱的就是屎壳郎，不是我瞎说。"

时传祥抱起儿子，贴着他的小脸说："爹爹是要把屎壳郎给唱跑了，打这以后啊，再也没有屎壳郎了。"

儿子摸着时传祥的胡楂儿问："没有屎壳郎了，那是啥呀？"

"清洁工人。"时传祥望着洒满阳光的窗外，说，"爹爹不再是粪花子了，是新中国的清洁工人了！"

让时传祥高兴的是一个姓杨的区长找到他，跟他握手，还叫他"同志"。一听"同志"，时传祥顿时觉着自己也跟共产党里的人一样了，同志嘛！

"有啥事只管说，我时传祥没二话。"时传祥跟杨区长表态，"只要我能做到的，我拎着命跟共产党干!"

杨区长说,现如今是新社会了,"粪污管理所"也成立了,在清洁卫生这一块,过去是粪霸管着,这不行,得打倒粪霸,清算粪霸,让淘粪工人自己当家做主。为了团结淘粪工人,跟粪霸做斗争,上头打算成立粪业工人工会,想请时传祥担任工会组长。

时传祥问:"工会组长都干些啥?"

杨区长说:"这个工会组长不是什么官,就是为淘粪工人服务,带头跟旧势力、粪霸做斗争,大家齐心协力,把首都收拾得干干净净,让新社会有个新气象。"

"这回好了,有共产党撑腰,俺就敢跟粪霸斗了!"时传祥握紧杨区长的手,说,"我第一个冲在前头。"

当天晚上,区里召开会议,时传祥被选为粪业工人工会委员,兼任工会组长。

时传祥回到家里,跟妻子说:"把俺像样的衣服好好熨熨,明天要开大会。"

妻子崔秀庭边找衣服边问:"开啥大会呀?"

"斗粪霸！"时传祥瞅着妻子说，"这回好了，粪霸被打倒了，天下是咱们穷人的了，往后的日子就好过了。"

衣服熨好了，妻子崔秀庭拿起来往时传祥身上比量，说："如今淘粪工当家做主人了，穿整齐点，也有个主人样。"

"纯庭他娘，弄俩菜，今天俺要好好喝一顿。"时传祥从柜子里拿出一瓶二锅头，说，"过去，只有粪霸和地主老财喝酒，眼下咱们也喝喝二锅头。"

妻子很快做了两个菜端了上来，说："一个炒白菜，一个炒花生豆，可没有肉啊！"

"肉会有的。"时传祥笑着说，"粪霸喝咱们血、吃咱们肉的时代就要过去喽！"

他倒满两盅酒，一盅递给妻子，自己端起一盅，说："咱们结婚也没喝上喜酒，今天给补上了。来，干！"

"干！"妻子崔秀庭和丈夫一饮而尽。

"酒壮英雄胆，明天上战场。"二两酒下肚，没有酒量的时传祥觉得浑身发热，勇气十足。

崔秀庭瞅着丈夫说："哪是酒壮的胆啊！没有

共产党给你撑腰,你哪来的胆儿?"

第二天,也就是一九四九年十一月十五日,时传祥穿着妻子熨平整的衣服,抬头挺胸地走进会场,登上主席台。

会场四周站着威风凛凛的解放军战士,保卫着大会的安全。

公审粪霸大会开始。

粪霸于得顺、苗兰生、金银普、赵德路四个家伙被五花大绑地押上台。往日神气十足、八面威风的粪霸,今天都像瘟鸡似的耷拉着脑袋,大气都不敢出一口。

时传祥走到粪霸跟前,举起拳头高呼:"打倒粪霸!"

台下的淘粪工人们跟着喊:"打倒粪霸!"

时传祥接着喊:"清算粪霸罪行!"

工人们跟着喊:"清算粪霸罪行!"

喊完口号,情绪激动的时传祥开始控诉粪霸苗兰生的罪行——姓苗的根本不拿淘粪工当人看,一天只给两个窝窝头不说,还随便扣工钱,谁想跟他理论,就要当心小命不保。工友孙万全说,在一九四四年腊月初五,他的工友王曦其的老娘在河北家里病得不行了,要回去看老娘,求苗老板给预支点工钱。可这个苗老板不但不给工钱,反而到日本宪兵队告密说王曦其是八路探子,把他抓了起来关进了宪兵队,从此就再也没出来。听说,王曦其让日本鬼子的狼狗给活活咬死了……

"打倒粪霸!"

"打倒苗兰生!"

台下的口号声此起彼伏,把主席台都震得发颤。

有时传祥带头,其他淘粪工人胆子也壮了,一个接着一个地上台控诉粪霸的罪行,愤怒的声浪汹涌澎湃。

区人民政府根据工友们提供的粪霸罪行的确凿证据,当场宣布罪大恶极的粪霸于得顺、苗兰生、金银普、赵德路死刑,立即执行。

砰!砰!砰!砰!

四声枪响,结束了四个罪恶的生命。

粪霸统治的粪业时代结束了,清洁工人做主的新时代开始了!

不离开北京

粪霸们被消灭了,压在淘粪工人们心头的大石头被掀掉了,"粪花子"的破帽子也甩掉了,他们能堂堂正正地做人,挺起胸脯干活儿了。

此后的时传祥跟换了一个人似的,整天嘴里哼哼着新歌:"没有共产党就没有新中国,没有共产党就没有新中国。共产党辛劳为民族,共产党他一心救中国……"

儿子时纯庭也跟着爹爹唱:"他指给了人民解放的道路,他领导中国走向光明……"

妻子崔秀庭瞅着爷儿俩那么开心,也跟着开心,她边往灶坑里添柴火边说:"苦日子总算熬出头了,好日子就像这柴火,越烧越旺。"

时传祥抱起儿子,举过头顶,说:"俺儿子赶上好日子喽!"

小纯庭挥着小手嚷嚷:"好日子,好日子!"

这个时候门开了。

是三哥时传珍。

"三哥!"崔秀庭让时传珍往里屋走,说,"三哥今天咋这么有工夫?"

时传珍在炕沿上坐下来,说:"山东家里捎信来,说娘老了,腿脚不灵便了,活儿也干不动了,传海说让老四回去。"

"这……"崔秀庭瞅了丈夫一眼,说,"这日子刚刚稳当下来……"

时传祥听出妻子话里的意思是不想搬家,他是留在北京淘粪,还是回老家照顾老娘,时传祥也拿不定主意。

时传珍见老四皱眉头,说:"眼下老家那边也不错,搞土改,分田地。没有地主恶霸,往后的日子也会越过越好。"

恶霸赵老乐被镇压了,他从穷苦人手里强抢豪夺来的土地又回到了贫苦农民的手里。他从时圣茂那儿骗抢去的六亩二分地，政府不但给退了回来，还多分给时家三十亩好地和一头牛。有了这些耕地，时家不愁往后的日子过不好。

"容我好好寻思寻思……"时传祥双手插进头发里，抱着脑袋不吭声了。

咚咚咚！有人敲门。

来人是杨区长和一位小伙子。

"杨区长！"时传祥从炕上下来，握住杨区长的手，说，"快上炕。"

崔秀庭把饭桌放在炕上，说："杨区长，咋有工夫来我家串门？"

杨区长笑了，说："区长就不能到淘粪工人家串门？干部和群众都是一家人嘛！你说呢？"

杨区长不认识时传珍，就疑惑地看向时传祥。

时传祥给杨区长介绍，说："这是俺三哥时传珍，也是干淘粪的。"

时传珍没见过区长这么大的领导，有点紧张，手都不知道往哪儿搁了。

杨区长看出时传珍有些窘迫，便上前拉住他的手，说："也是淘粪工，那好啊！以后就跟你弟弟一起，把北京的厕所收拾好，把祖国首都打扫得干干净净。"

"那是！那是！"时传珍越发窘迫，说，"好好干，好好干……"

崔秀庭端来碗水，放在饭桌上，说："杨区长请喝水，也没茶叶……"

"凉水热一热，喝着心里暖。"杨区长把水碗端过来，喝了一口，吧嗒一下嘴，说，"这水甜。"

那个跟杨区长来的小伙子也喝了口水，说："这水真好喝。"

杨区长给时传祥介绍说："他是小胡，胡科长，是来和时传祥商量粪业管理工作的。"

时传珍坐也不是，站也不是，尴尬地说："你们有事合计，那俺就先走了。"

送走了时传珍，时传祥对杨区长说："我三哥生来内向，老实厚道，见不了生人，杨区长别见怪。"

"哪能呢！"杨区长朝窗外看了一眼，说，"老实厚道做人，多好呀！建设新中国就需要这样的人。小胡，你们合计工作吧！我还有个会，先走了。"

"在俺家吃口饭再走吧!"崔秀庭壮着胆子留客,其实她做的晚饭不够留这么多人一起吃的。

"不用了,"杨区长起身,边往外走边说,"谢谢啦!谢谢嫂子。"

时传祥看出妻子说的是客气话,脸上有些发热,边往外送着杨区长边说:"区长,等你有工夫,咱们喝上一口儿。"

"好好!"杨区长出了门,停下来问,"传祥,你三哥是来……"

时传祥没法隐瞒三哥要他回老家的事,说:"是找俺合计回老家,侍候老娘……"

杨区长问:"你是怎么想的?"

时传祥说:"俺还没想好。"

"好好想想……"杨区长拍拍时传祥的肩膀,说,"北京需要你这样的淘粪工啊!"

杨区长出了院子,时传祥还站在原地。

"外头挺冷的,"妻子崔秀庭拉了把丈夫,说,"回屋吧!"

回到屋里，胡科长对时传祥说，他想找时传祥合计的事是"开展淘粪竞赛活动"，可具体应该怎么搞，他想征求时传祥的意见。

时传祥寻思了好半天，也没寻思出什么好办法来。

胡科长看出时传祥还有顾虑，说："时师傅你干了二十多年淘粪工作，见识多，有经验，有什么想法就尽管说。"

"那好！"时传祥试探着说，"你说的竞赛，不就是让大家比着干吗？"

胡科长说："对呀！"

时传祥说："比着干，光比谁淘粪多谁淘粪少不行，那样看不出干得咋样。"

胡科长问："那应该怎么搞？"

"我看这样……"时传祥说出了自己的想法——看谁干得好，不能只看淘粪量，还要看厕所的清洁程度。只让领导看不行，要让居民百姓来评判。就是说，让居民百姓投票评选，谁得到的票数多，谁就干得好。

胡科长觉得时传祥这个想法很好，准备明天拿到会上研究研究。临走时,他握着时传祥的手说:"我们区的清洁卫生工作离不开时师傅你啊!"

"嘿嘿!"时传祥憨笑着说,"俺也干得不好。"

送走了客人,屋子里安静了下来,可时传祥的心却静不下来,杨区长和胡科长的话还在敲着他的心窝……

一方面,年迈的老娘在老家盼着儿子回去,享受天伦之乐;另一方面,区里的淘粪工作需要他来带头干,给新中国的首都创造一个干净的环境。这两件事,他在心里掂量来掂量去,到底哪头轻哪头重?

夜里,时传祥躺在炕上怎么也合不上眼,爹的冤死、妹妹传梅被卖去做童养媳、走上讨饭进京之路、受粪霸的欺压、被日本鬼子和美国兵欺辱、遭受那些有钱人的白眼……一幕幕苦难的镜头浮现在眼前。接着,又是一幕幕:李大爷把他从风雪中救起、好心的老中医给他治伤不要钱、北平城的解放、杨区长鼓励他上台斗粪霸、大家选他当工会组长、共产党员帮他提高思想觉悟……

从讨饭进京干淘粪工，二十多年了，这里的大街小巷、商号店铺、街坊邻居，就像画在时传祥心里的地图，他再熟悉不过了。要是就这样突然离开，回老家跟老娘团圆，过上安逸的田园生活，时传祥下不了这个狠心。

捂鼻子

夜里,时传祥睡不着,翻来覆去地在炕上像烙饼似的,害得妻子崔秀庭也睡不好。天刚蒙蒙亮,妻子就起来到外屋生火做饭了。

时传祥也醒了,嘴里念叨着:"回去?不回去?不回去?回去?"

崔秀庭问:"你一个人念叨啥呢?回去不回去,你自己拿主意。"

"不回去了!"时传祥一把搂住妻子,叹了口气说,"唉!自古忠孝不能两全。共产党救了咱们,咱们不能忘恩负义呀!"

"松开,"崔秀庭甩开丈夫粗壮的胳膊,说,"让孩子看见多不好。"

"你同意不回去了?"

"不回去,那老娘咋办?"

"老娘……只能辛苦三哥回去多加照顾了,可咋开这个口……"

"你开不了口,我去说。"

三哥时传珍打那天从老四家出来就在寻思着回老家的事,也拿定主意他自己回去,让四弟留下来。崔秀庭跟他一提这事,他就应承下来了。

晚上,时传祥在家做了几个菜,买了一瓶二锅头,哥儿俩边喝边聊,说到老娘,时传祥鼻子发酸……泪水止不住地淌了下来。三哥见老四哭,也跟着落泪。

崔秀庭端来一碟盐豆放到饭桌上,说:"老娘会懂得你们哥儿俩这一片孝心的。"

她给三哥倒满一盅酒,举起来,说:"三哥,我和你四弟谢谢你!"

三个人一饮而尽。

此后,三哥时传珍回到老家山东省齐河县赵官镇大胡庄,挑起侍候老娘和养活一家老小的担子。

虽然三哥替他分担了尽孝的责任,可时传祥还是觉着心口堵得慌。

"俺知道你是孝子，"妻子崔秀庭安慰丈夫，"让三哥回老家，你心里头过不去。但你换个方法想，你对国家对老百姓忠了，就是对老娘的孝。"

时传祥没料到妻子一个农村人，会说出这般话来，心里很是感动，说："秀庭，往后你可要多多帮俺。"

"自己的汉子不帮，帮谁？"崔秀庭脸红了。

杨区长听说时传祥不走了，又听小胡说了时传祥关于竞赛的主意，说："时传祥的主意好啊，以后不是他请我喝酒了，而是我得找机会好好答谢他。"

这天上班，时传祥换上干活儿的旧衣服，走在洒满阳光的大街上，心情舒畅，止不住哼起了《咱们工人有力量》："咱们工人有力量，嘿！咱们工人有力量。每天每日工作忙，嘿！每天每日工作忙……"

正走着，一个穿干部服的男人迎面走来。

时传祥认识这个人，这不是以前当律师的吴旗祥吗？

说起吴律师,时传祥和他之间闹过一次不愉快。那还是在新中国成立前,时传祥到吴律师家的厕所淘粪。粪淘完了,厕所也收拾干净了,时传祥渴了,想要碗水喝。

吴家用人许妈舀了瓢水端给时传祥。

时传祥刚要接过来,就听里屋传来一声断喝:"停!"

许妈不知道发生了什么,看着吴律师的脸一时间不知道该怎么做了。

"水瓢弄脏了,我还能用吗?"吴律师的下巴朝窗台上的一个饭碗点了点,说,"那个饭碗不能盛水吗?"

时传祥只好拿起那个碗。他瞥了一眼碗里的东西,就知道这是喂猫的饭碗。让时传祥用猫的饭碗盛水,太不把淘粪工当人了。

愤怒之下,时传祥把猫碗举起来,可是没有摔下去,而是轻轻地放回窗台,平静地说:"谢谢!我是人!"

今天碰到了吴律师,时传祥想跟他打个招呼。可没想到吴律师见时传祥走了过来,赶紧捂着鼻子躲开了，生怕臭味熏到他。

时传祥背上背的粪桶，其实一点儿都不臭，临上工前，早被他洗刷得干干净净。

"这……"时传祥扭头打量着吴律师，心里嘀咕，"新社会了，咋还这样？"

让时传祥没想到的是，这件事正好被胡科长看到了。他回去跟杨区长一汇报，杨区长就火了，一拍办公桌，说："你现在就把吴干事叫来，再把时传祥师傅也请来。"

原来，吴律师在区政府当了干事。

时传祥听说是杨区长找自己，就立马赶到了区政府。

"时师傅，是不是他见了你捂鼻子？"杨区长指着吴律师对时传祥说，"别怕！新社会，人人平等。"

时传祥瞅瞅吴旗祥，也就是现在的吴干事，一时丈二和尚摸不着头脑，说："吴律师啊！刚才在大街上还见着了呢！"

吴干事冲时传祥勉强地咧咧嘴，算是在笑，说："时师傅，我……我错了。"

捂鼻子

"你错了？"时传祥还是不敢相信这话是从吴律师嘴里说出来的。

"是我错了。"吴干事冲时传祥弯了下腰，说，"我从你身边经过时，捂了鼻子，就错在这儿。"

"这……"时传祥还是有点发蒙。

杨区长接过话茬，说："错就错在吴干事站在了淘粪工人的对立面。你嫌人家有臭味，那你自己有本事别拉屎别撒尿啊！吴干事我告诉你，新中国不管你是领导干部，还是工人农民，都是平等的，没有贵贱之分。"

"是！区长说得对。"吴干事连连点头，对时传祥说，"我捂鼻子，实际上是自己思想臭，是对淘粪工人的歧视和侮辱。我郑重地向时师傅道歉，请您原谅。"

这回时传祥明白了，杨区长狠狠地批评吴干事，并要他赔礼道歉，是对时传祥的尊重，更是对淘粪工人的尊重。

从杨区长的办公室出来，太阳正当头，时传祥抬头望望，打了个喷嚏，顿时感到浑身轻松……

把我当您的儿子

"堂堂的大律师,眼下的政府干事,竟然给我道歉?天和地真是调了个个儿。"时传祥背着粪桶,走向他负责淘粪的那片区域。

在这片区域,时传祥工作了二十多年,他对这里的每家每户都像自家亲戚一样熟悉。

淘粪工不光是淘大粪,职务称呼是"清洁工"。所谓清洁,就是为了让千家万户干干净净的,有了清洁卫生的环境,身体健康了,工作也就有劲头了。清洁工就是要把北京城打扫得干净整洁,真正像个祖国首都的样。

时传祥这样想着,心里头就敞亮了,背着粪桶也不觉着沉了,还哼起了《沂蒙山小调》:"人人那个都说哎，沂蒙山好，沂蒙那个山上哎，好风光，青山那个绿水哎，多好看……"

哼着哼着，就走到了他负责的这片区域。

在这片区域里，时传祥对每家每户都如数家珍。

他往胡同一拐，来到东斜街一户人家的门口，停下脚步。

不等敲门，门自己就打开了。

一位白发老人探出头来。

"蔡大娘！"时传祥亲切地叫了声。

"哟！是时师傅啊！"蔡大娘上前帮时传祥把粪桶放到地上，说，"进屋坐会儿，喝口水歇歇。"

"大娘，我就是来看一眼，不进屋了。"时传祥说着就要走。

蔡大娘拽住时传祥，说："门都开了，粪桶撂下了，不进屋咋成？"

盛情难却，时传祥只好进了屋，四下一看，不禁皱起了眉头——整个屋子乱得插不进脚。

他知道，蔡大娘无儿无女，这间屋子就蔡大娘一个人住着。老大娘眼瞅着快到八十岁了，身体也不好，自己给自己做一口饭吃都得强撑着，更别说干体力活儿了,孤苦伶仃的样子真让人看不下去。

时传祥看到蔡大娘的白发,老娘的身影就浮现在了他的眼前。自打三哥回老家后,时传祥也一直没时间回家看看。虽然三哥捎来信说老娘的身子骨还算硬朗,家里也不愁吃不愁喝的,可时传祥的心里还是日夜挂念着家里。今天看到蔡大娘家脏成这样,他的心里头不是滋味。

蔡大娘端上一碗水,说:"孩子,喝吧!"

时传祥仰头喝下,说:"蔡大娘,等我把活儿忙完了,就好好收拾收拾你这屋子,干干净净地住着,咱心情也好啊!"

"你这淘粪的活儿就够累的了,哪儿还能再麻烦时师傅你呀!"蔡大娘摆着手,说,"不行不行,这可不行。"

时传祥说:"大娘,不是只有我一个人。"

"不是只有你……"蔡大娘向四周看了看,说,"还有谁呀?"

时传祥说:"我们全班的同志啊!"

"全班?"蔡大娘又摆手,说,"全班更不行了,我一个孤老太太咋能麻烦你们一班人呢!"

时传祥想了一下,说:"正好明天休班,我们少休息一会儿就干完了。"

蔡大娘还是摆着手说:"不行,不行。"

不管蔡大娘怎么说"不行",时传祥背起粪桶临走时,还是留下一句话:"明天准来。"

蔡大娘望着时传祥的背影,喃喃地说:"我要是有这样的儿子该多好啊!"

下班前,时传祥把全班工友召集到一起,准备跟大家说个事。

工友们说:"啥事说吧,我们听你的。"

时传祥把蔡大娘家里的情况和自己的想法一说,大家都举手赞成。帮一个老人家干点活儿,义不容辞。

"明天早上五点钟,大家都到东斜街蔡大娘家集合。"时传祥说,"找得到吧?"

大家齐声说:"没问题。"

第二天,工友们准点来到了东斜街。

蔡大娘见一下子来了这么多人,有点发蒙,独自在院子里站着,不知该如何是好了。

时传祥搬来一把椅子,把蔡大娘按在椅子上,说:"您啥也别动,坐着看我们干就行。"

人家来给自己干活儿,蔡大娘哪能坐得住?从椅子上站起来说:"时师傅啊,让我瞪着眼坐在这儿瞅着你们干活儿,我哪能坐得住?来,我不干活儿,动动嘴总行吧!"

时传祥还是把蔡大娘按回椅子上,说:"您坐在椅子上动嘴。"

"哎呀!你这孩子太犟,真拗不过你……"蔡大娘没有办法,只好坐在椅子上看着工人们上上下下地忙碌着。

时传祥边指挥边一起干。

先是把窗户和门都打开,通通风,吹吹霉味。

再把屋子里的破烂东西都清出来,堆在院子里,再一样一样地处理。

"把衣服和被褥晒晒。"

时传祥抱着一大卷被褥出来,抖搂着打开,嚯!被褥上都长了绿毛,气味直呛鼻子。

"我看……"时传祥瞅着那些发霉的被褥说,"大家伙儿听好了,我分下工,大娘的这些被褥该拆的拆,该洗的洗,该晒的晒,给彻底整干净喽!"

大家在蔡大娘的院子里进进出出,忙得不可开交。

两个工友把蔡大娘屋里的一个大柜子抬了出来,柜顶上积了厚厚的一层尘土,年头久了,像刷了油漆似的,用抹布怎么擦也擦不掉。后来,用马莲根刷子刷,才让大柜子露出本来的样子——原来大柜子涂的是老红漆,在阳光下亮得能照出人脸。

蔡大娘抚摸着干净的大柜子,笑着说:"这漆多亮啊。"

时传祥正忙着在屋子里头打扫顶棚。他找来一根竹竿,绑上笤帚,打扫上面的灰尘,可一扫不要紧,尘土下雪似的哗啦啦往下掉,顿时眯了他的眼睛。

蔡大娘轻轻拍了时传祥一巴掌,说:"你这孩子,怎么这么不小心呢!来,大娘给你用水冲冲。"

眼睛冲干净了,时传祥笑了笑,说:"往后我得小心点。"

大家忙活了一上午,把墙壁粉刷一新,窗户玻璃擦得透亮,屋里的地面用砖铺得平平整整,洗完的衣服、被褥晒了一院子,屋里屋外收拾得干干净净,物件摆得规规矩矩。

蔡大娘没想到一帮大老爷们儿，竟然把活儿干得细致利索，这些人里头，要是有一个是她的儿子该多好啊！

时传祥搀着蔡大娘从院子走进屋里，问："大娘，您看看，这样行不？"

蔡大娘点头又摇头，说："这是我的家吗？"

时传祥见活儿都忙完了，冲工友们说："多谢各位，我给弟兄们鞠躬了。"

"不吃了午饭再走？"蔡大娘不乐意了，拿出五块钱和五斤粮票往时传祥手里塞，说，"在家吃，我做不动。传祥啊，你就带他们用这些粮票吃点什么吧！"

时传祥把钱和粮票推回去，说："大娘，您的钱来之不易，粮票也是定量发的，您的好心，俺——哦，我们领了，我们帮您收拾是应该的，不用请我们吃饭。以后有啥事，就把我当您的儿子，喊一声，我随叫随到。"说完，朝工友们一挥手，走了。

蔡大娘瞅着时传祥他们的背影，泪水不自觉地流下来，嘴里一遍遍念叨着："当成是我的儿子……"

门口的等待

时传祥不是光把蔡大娘的家收拾得干干净净就完了,他还记下了蔡大娘家,更记下了"她也是我的娘"。

"独身的老人,最怕一个人。"时传祥从蔡大娘联想到自己的亲娘,就觉得老人最苦的事莫过于孤独。从这以后,他一旦路过,就进屋看一眼蔡大娘,问问缺啥少啥,身体咋样……

每次,时传祥走的时候,蔡大娘都把他送出很远。

邻居问蔡大娘:"他是你啥亲戚?"

蔡大娘仰着脸说:"时师傅,是我儿子!"

邻居纳闷了,说:"你儿子?人家可是姓

时啊！"

蔡大娘想了好半天也没想出怎么回答邻居，她手一摆，抿嘴笑着说："甭管姓啥，反正是我儿子。"

邻居笑了，说："蔡老太太，你这是想儿子想疯了。"

"疯了？"蔡大娘说着唱了起来，"老太太我乐疯了，哎嗨哎嗨呀！"

是啊！蔡大娘怎么能不乐呢？

时传祥真的就像她的亲儿子。

他不用特地到蔡大娘家，每次来淘粪就顺便看看，跟回家一样，和老太太聊聊天，就足以让蔡大娘乐呵好几天了。

走在上工的路上，工友小葛问时传祥："时班长，我真弄不明白，你怎么对蔡老太太那么好，她是你啥亲戚？"

"不是啥亲戚呀！老太太没儿女，我多帮帮她，就当给我自己的老娘尽孝了。"时传祥说得实在。

"时班长，我真服你了。"小葛想到时传祥让他三哥回老家服侍老娘，自己在北京服侍蔡老娘，是打心眼里佩服。

时传祥摸了下小葛的脑袋，说："别服我，该服的是共产党。你看，在北京，我们干的是最不体面的活儿，却是最受人民群众尊敬的活儿，你说该服谁。"

小葛摸摸脑袋，笑着说："还是班长比我觉悟高……"

"好好干！快走吧！"时传祥推起粪车，身影在晨光里拉得好长好长。

一九五二年，北京市崇文区成立清洁队，时传祥就成了队里的工人，还当上了班长，带领一班人干得生龙活虎。

时传祥感受到了什么是尊重，什么是平等。一个淘粪工在旧社会被骂成"屎壳郎""粪花子"，如今翻身成为国家的主人，时传祥对党充满感激。

为此，如何干好淘粪工作，时传祥动了不少脑筋，他时刻想着把淘粪清洁工作干得更好。

北京的老四合院一个挨着一个，窄窄的胡同一条连着一条……居住的人多，粪便当然也就多了。四合院里的厕所差不多都是旱厕，里面的茅坑很浅，如果清理不及时，粪尿就常常溢出来，气味非常难闻不说，想上厕所的人也下不去脚啊！要是有人特别着急上厕所，那可就麻烦了。

快憋不住的人急，时传祥更急。

每每遇到这种特殊情况，他总是不声不响地找来砖头，把茅坑砌得高一些，不让粪水淌出来，还把厕所打扫得干干净净。

"还是时师傅有办法。"小葛竖起大拇指。

时传祥举起巴掌，说："就你小子嘴甜，让我看看你嘴上是不是抹了蜜……"

小葛赶紧逃，扭头冲时传祥扮了个鬼脸。

新社会了，淘粪工人不用像以前那样不分白天黑夜地干，不能休息。现在，区里成立了清洁队，淘粪工人也像楼里办公的干部一样，享受着星期天的休息日。

工友们到了休息日该休就休。在时传祥的时间表里，休息日都消失得无影无踪。

那他干啥去了？

妻子崔秀庭知道当作不知道；儿子也知道，当作爹爹领他出去玩。

上哪儿玩？儿子时纯庭说，爹爹领着他过大街，走小巷，逛胡同，上厕所。

是啊！时传祥一有休息时间，就到处走一走，转一转，问一问，闻一闻……

走，迈开双腿，走街串巷；

逛，从这条胡同逛到那条胡同；

看，看完了这家的厕所，再看那家的厕所；

问，问厕所啥时候该淘，隔几天合适；

闻，闻胡同小巷有没有臭味……

这样一来，哪里的厕所需要清理，时传祥的心里都非常清楚，不用人家找过来，到了时候他就找过去，准不耽误事。

为了不让淘粪影响居民群众的正常生活，时传祥凭着记忆，把每家住户的信息都装进了脑子里。院子里住几家，每家的大门朝哪儿开，姓什么叫什么，干什么工作的，有几口人，厕所在哪个位置，多少天该清理一次……他都了解得清清楚楚。

淘粪，是个不体面的活儿，不可能完全不影响到住户，可怎么做才能尽量减少不好的影响呢？时传祥寻思着，开始去摸清各家的生活规律——哪一天的什么时候，不适合到哪家去淘粪；院子里晾了衣服，要事先请人家收到一边去；人家吃饭的时候不要去淘粪；人家会客、星期天家人团聚的时候，不能去淘粪。那啥时候去？趁主人上班，家里人少的时候去。在中午，各家吃午饭的时候，去淘公共厕所的粪……时传祥尽量把淘粪带给居民的不方便减到最小，这是非常细致又麻烦的事，没有一心为人民群众服务的思想，是不可能办到的。

时传祥心里不仅有各个四合院的厕所活地图，还有各家各户的实时情报。

这会儿，他在一户人家的大门口蹲下了，粪桶放在离门口十多步远的地方。

"时大个子，你在这儿蹲着干啥？"卖糖葫芦的老梁觉得奇怪，说，"这都数九了，不怕冷？"

"呵呵！"时传祥笑了，说，"冻着点好，冻冻身体结实。"

老梁一听时传祥这话也笑了，说着："哎呀！你这人真是冷热不知。来一串糖葫芦不？"

时传祥摇摇头。

"蜜嘞哎嗨哎——冰糖葫芦嘞——"老梁吆喝

着走远了。

等了约有半个钟头,大门开了。

院子主人赵先生和妻子出来送客。

"时师傅,你怎么在门口待着?"赵先生说,"外面多冷啊!"

"我是看你家来了客人,先避会儿……"时传祥望着客人走远的背影,说,"虽说新社会对我们淘粪工挺尊重的,可背着粪桶进院子撞见客人,还是不太好……"

"这有什么不好的!快进来,到屋子里暖和暖和。"赵先生有些不好意思。

时传祥进了院子,说:"屋就不进了,我赶紧干活儿。"

多好的师傅啊!赵先生在心里默默地说着,回屋,倒了一杯热腾腾的水端出来……

连雨天

轰隆隆!

打雷啦!

哗啦啦!

下雨啦!

小孩喜欢下雨,光着小脚丫在雨中撒欢儿,唱着歌谣:"下雨喽,冒泡啦!燕子飞,蛤蟆叫,老头儿戴上草帽啦!"又跑又跳又唱,多开心哪!

可是,淘粪工人们心里却开心不起来。

冬去春来盛夏到,七八月份连雨天。

新中国刚刚成立,老北京城区下水管道都是老旧管道,不是这儿堵,就是那儿塞,大水憋得原地打转,排不出去。大街小巷,胡同旮旯,院子住家,淹成了一片汪洋。

爱玩水的孩子们也出不了家门了,爹妈看得紧,怕孩子进了水里回不来。

旧社会粪霸时代,胡同小巷积满了水,排不出去,就把厕所给淹了。粪水随着雨水淌出来,整个院子臭气熏天,大伙儿都得捏着鼻子喘气,闻着臭味过日子,谁受得了!

如今淘粪工翻身了,做了主人就该有个主人的样子,雨下得再大,水积得再多,也不能让人民群众遭罪。

在时传祥心里,没有太多高深的大道理,他只知道:清洁工人拿国家的钱,就得给人民群众做事,做好分内的事。

大雨还没有停,时传祥就马上召集全班工友开会,会上他严肃地说:"大家都到各自负责的片区,一个院子一个院子查,一个厕所一个厕所看,发现有被水淹了的,马上清理好!"

"好!"

工友们齐声答应,纷纷起身,冒雨奔向自己的责任片区。

过了晌午,天还是阴沉沉的,雨也没停,这雨就像是跟谁赌气似的下个没完。

"时师傅!"

时传祥来到他负责的片区,拐进四条胡同,听见有人喊他,就停下脚步。

一位老大爷蹚着水向他跑了过来。

时传祥快走几步,到老大爷跟前,问:"耿大爷,是您啊!"

"赶紧到我家瞅瞅吧!"耿大爷指了一下身后,说,"厕所冲塌了……"

时传祥跟着耿大爷来到他家,只见雨水已经把院子淹了。

时传祥直奔厕所,见厕所被冲垮了,砖头乱七八糟地堆在茅坑里,根本没法下粪勺。

"这可咋整?这可咋整?……"耿大爷搓着双手,替时传祥为难。

"耿大爷,您就把心放在肚子里头吧!"时传祥一撸袖子,说,"看我的,我有办法。"

耿大爷还是叹了口气,说:"就你一个人,收拾得了吗?"

连雨天

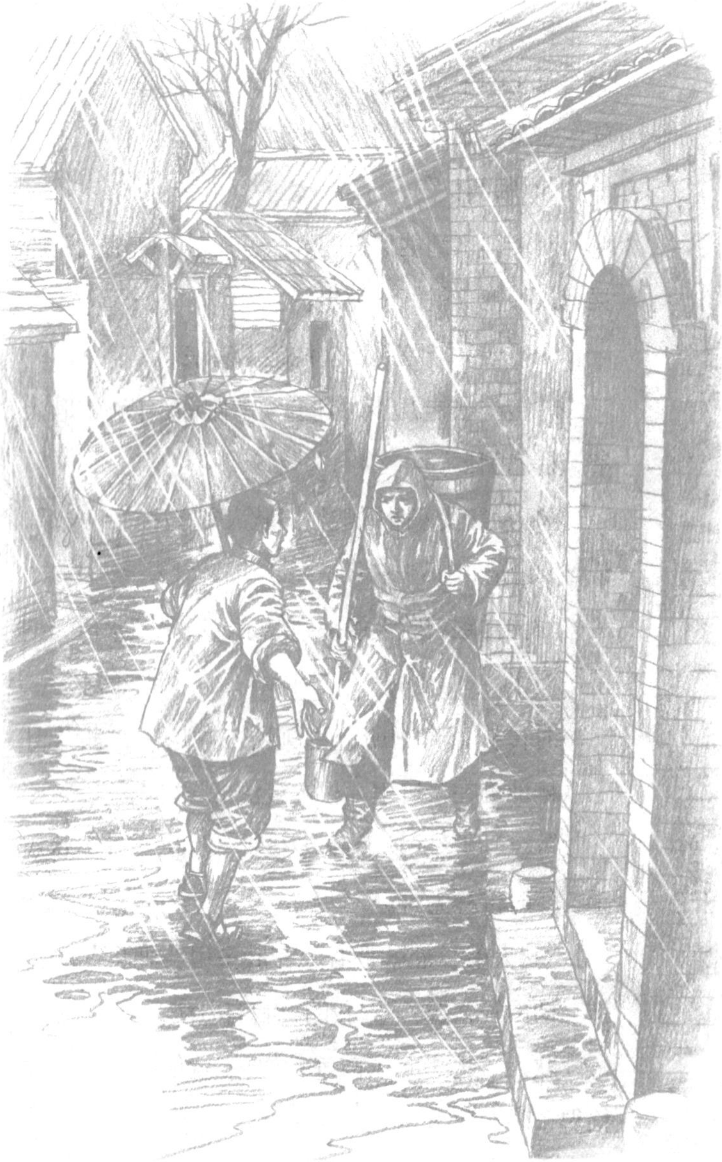

时传祥不吭声了,下手把茅坑里的砖头一块一块地抠出来,再把茅坑的粪便清理干净,这才站起来直直腰。

"家里也没别的,"耿大爷不知啥时候端来一个大白瓷缸子,递到时传祥眼前,说,"歇一会儿,喝口水。"

时传祥也不客气,接过来就喝,喝完舔了舔嘴唇,咦,甜的?

耿大爷看见时传祥的表情,笑了,说:"放了点白糖。"

"真甜啊!"时传祥笑着对耿大爷说。

喝完水,时传祥把缸子放在窗台上,转身拿起铁锹开始挖墙角的黄土。

耿大爷问:"这是干啥?"

"和泥呀!"时传祥朝厕所的方向努努嘴,说,"厕所的墙不是倒了吗?"

"和泥,我也来搭把手。"耿大爷说着拎起水桶,去院子里的水坑舀水,边舀边念叨,"黄土和成泥呀,砖墙砌得齐呀!风也吹不动呀,雨也浇不倒呀!"

时传祥听着,越干越起劲。

好在厕所没有全部倒塌,时传祥和耿大爷只是做了一些修修补补的工作,没到两个钟头就忙活完了。

看着整齐干净的新厕所,耿大爷连眉眼都在笑。

他笑着笑着,扭头找时传祥,发现没了人影。

原来,时传祥趁耿大爷不注意,背起粪桶悄悄地离开了。

"哎呀!"耿大爷一拍大腿,自己念叨,"老喽!真是老喽!咋连一句感谢的话都没对人家说呢!"

时传祥最怕别人感谢他,一听"谢"字,脸就发热,浑身不自在。

天像是破了个洞,大雨还在哗哗下。

从耿大爷家出来,时传祥拐向地势低洼的居民区,那里肯定有积水,厕所也会被淹。

果然,时传祥发现五六家的厕所都被淹了。他赶紧动手,淘粪便,修茅坑。弄好这家,又背起粪桶赶到另一家……

一天忙下来，时传祥回到家，一头倒在炕上，呼呼睡去。

妻子崔秀庭看着心疼，把饭焖在锅里，不敢叫醒累坏了的丈夫。

半夜，时传祥突然坐起来，抓起手电筒，说："啥时候了，咋不叫醒我？"

崔秀庭夺过手电筒，说："啥时候？半夜三更的，你晚饭还没吃呢！"

"不行！"时传祥下炕，穿鞋要走。

崔秀庭挡住门，说："你着急干活儿也不是不行，饭得吃了。不吃饭，铁打的人也扛不住这么折腾啊！"

拗不过妻子，时传祥只好顺从了，三口两口吃完一碗饭，背起粪桶，拎着粪勺，消失在雨夜里。

崔秀庭靠在门框上，望着黑夜里一闪一闪的手电筒光，心也跟着一闪一闪……

大雨一连下了六天，终于停了。天放晴了，太阳出来了，工友们脸上也露出了笑容。

这六天里，时传祥几乎没有休息的时候，不但白天工作,夜里还经常出去检查。虽然很辛苦,但他得到的回报就像雨后的阳光一般耀眼。时传祥全班负责的地段,厕所都收拾得干干净净,再也没让大雨把粪水冲得到处都是。

"水人"

盛夏过去了,雨天变少了,可很快就起了秋风,树叶黄了,冬天脚跟脚就到屋檐下了。你看挂在那里的冰溜子,像不像一把把闪着寒光的利刃?

夏天下大雨淘粪难,冬天就顺利了吗?

冬天有冬天的麻烦。

麻烦的是滴水成冰,凛冽的北风咬手。

老北京的厕所大都是旱厕,人都觉得冻手冻脚的,何况粪便尿水了。要是不及时清理,粪便和尿水就冻成了冰疙瘩,解小便还好说,解大便的话人根本蹲不下去。

北方有一句谚语说:"三九四九,棒打不走。"意思是说,待在屋子里,不到外面去,就冻不着了。

不到外面去,怎么干活儿啊?

"冰糖葫芦!"

"包子咧!这包子热的咧,发面的包子要趁热咧!"

"磨剪子咧——戗菜刀——"

你听这大街小巷传来的叫卖声,人们为了生计,不得不在外面摆摊叫卖。哪有冬天不冻手的?

清洁队的工作就是在外头干的活儿,即使是在厕所里,也跟在外面差不了多少,一样冷得刺骨。

"喂,是清洁队吗?"

"是啊!你是哪里?"

"我是第十一中学啊!有急事求你们帮忙!"

"啥急事?"

"我们教学楼三楼出大事啦!"

"请您说得详细点。"

"厕所出事了,学生老师都上不了厕所……"

接电话的是新来的工人小许。

时传祥在一旁听到了,对工友们说:"马上带好工具,都跟我走!"

全班人跟着时传祥赶往第十一中学，跑上三楼，进了厕所一看，都傻眼了——

自来水管刺刺地喷水。

地面被冻成了溜冰场。

粪便随着流水四处泛滥。

厕所里的粪水冻成了冰，师生们使用不了厕所，想方便的时候也不能一直憋着啊！

校长更是急得团团转，跟时传祥说："时师傅，老师还好说，可孩子们憋不住啊！能不能想办法尽快修好？"

时传祥说："校长您就放心吧！马上修好。"

"那就太感谢了。"校长感激地说。

"都别傻愣着啦！快动手干吧！"时传祥吩咐着，"小葛和小许，你们俩把厕所里头的冰刨干净。小张和小李，你们俩负责把刨下来的冰运到外面去。我和白师傅先把水管修好……"

干别的活儿不过累点，可修自来水管要"冒雨"工作。

水，还在刺刺地喷着。

"我来——"白师傅说着就要上前。

时传祥把他拽到一边，拎起管钳子说："你把线麻、管箍和新管子准备好。"

"好嘞！"白师傅答应着去准备了。

时传祥冲白师傅喊："管子头用线麻先缠好。"

"知道了！"白师傅大声回答，"放心吧！"

校长看着喷水的水管子直皱眉，说："得先把水管闸门关了，要不怎么修啊？"

时传祥问："水闸在哪儿？"

校长答不上来了，问教导主任："水闸在哪里？"

"在……"教导主任想了想，指着外面说，"是在窨井里。要关的话，得找管理自来水的单位。"

"费事。"时传祥说，"就顶水干吧！"

这边，白师傅已经把要替换的水管准备好了。

时传祥把管钳子卡在管箍上，一使劲儿，破裂的水管就卸下来了，水也跟着哗哗地喷了出来。

站在旁边的人都赶忙躲得远远的。

时传祥成了个"水人"，冰冷的水喷到了他的头上，再流到他的棉袄和棉裤里，冻得他一个劲儿打寒战。

"递给我管箍。"

白师傅把管箍塞到时传祥手里。

教导主任不知什么时候找来一把伞,给时传祥打上。

时传祥干活儿麻利,三下两下就把管箍拧上了,接着换管子。

由于是顶水作业,从管子里喷出的水柱冲着时传祥的脸就浇了过去,浇得他睁不开眼睛。

"不能只上一个人呀!"白师傅说着,抱起铁管子,对准管箍。

时传祥快速地扳动着管钳子,转眼间就不喷水了。

校长连忙吩咐教导主任:"快让时师傅和白师傅到我办公室暖和暖和,再找来棉衣棉裤换上。"

时传祥对工友们说:"大家记得把这里收拾干净呀。"

"班长放心吧!"小葛说,"二位师傅去换衣服吧!这里有我们呢!"

工友们见时班长被浇成了落汤鸡,没啥说的了,痛快干吧!

等时传祥和白师傅换上干棉衣棉裤,那边已经收拾干净了。

三楼厕所又能使用了。

第二天做早操时,校长在全校师生面前说:"我们吃饭,想到的是农民'粒粒皆辛苦';我们大小便时应该想到谁?是时传祥这样的清洁工人。昨天,时传祥和他的工友们把我们的厕所修好了,可他们被水喷得浑身湿透,这是一种什么精神?"

教导主任小声说:"'宁愿一人脏,换来万家净。'这是时师傅说的。"

"对,就是'宁愿一人脏,换来万家净'的奉献精神!"

校长的话音一落,整个操场响起热烈的掌声。

不能倒下

正当时传祥和工友们埋头苦干的时候,"三年困难时期"如晴天落冰雹,噼里啪啦地砸在了人们的脑袋上。

"我们也有一双手,不在城里吃闲饭!"

动员下放劳动力的口号像麻雀似的,扑棱扑棱地飞到每家每户。

动员的对象是从农村来到城里的家庭妇女,要她们回到乡下老家,参加农业生产劳动。

当时,时传祥已经是全国劳动模范,又在一九五六年加入了中国共产党,还是崇文区的人民代表。别的啥也不用说了,听从号召跟党走。不用寻思,他回家就跟妻子崔秀庭合计,让她带着儿子回山东农村老家,跟老娘和三哥他们一起种地过日子。

崔秀庭犯难了,带儿子回山东,这倒没啥,顶多种地苦点累点,都能挺得过去,可留丈夫一个人在北京淘粪,回到家里总得有一口现成的热饭热菜吃吧!时传祥下班了,还能跟儿子打打闹闹,跟妻子有说有笑,也能解解乏啊!

然而,崔秀庭最终啥也没说,只是点点头,默默地去收拾行李。

时传祥在一旁看着,实在忍不住了,一把搂住妻子,说:"秀庭,可苦了你了……"

崔秀庭在丈夫怀里喃喃地说:"只要你在北京过得好……我跟儿子啥苦都能吃。"

临走时,崔秀庭没告诉儿子实话,只说是去奶奶家串门。

小孩儿一听串门当然高兴了,奶奶那儿肯定有好吃的。

崔秀庭数着:"是啊!有大红枣、大鸭梨、大核桃、大馒头……"

儿子双手在头顶上挥舞着喊:"大大大!奶奶

家里啥都大。坐上大马车,嘚驾!驾!驾!驾!"

妻子和儿子坐上马车走了,消失在时传祥的视线里。

妻儿都走了,只剩下时传祥一个人了,屋子里一下子变得空空荡荡。

他抱木柴生火做饭,凑合着喝了一碗小米粥,碗也没刷,粪桶往肩头一扛就上班了。

淘粪这活儿不体面不说,还让人累得受不了啊!

别看时传祥长了个大个子,身板宽,腰也壮,可他也不是铁打的,淘粪这么重的体力活儿,时间长了,再壮的人也挺不住。

可是,时传祥还是咬牙挺了下来。

夏天又到了,酷热的天气使茅坑里的粪水发酵冒泡,散发着臭气。

要想把臭气从每家每户赶走,就得把厕所拾掇得干干净净,一点儿粪尿都没有。

可要做到"一点儿都没有",太难了。

"这不难,"在班组会上,时传祥说,"我们都是大老爷们儿,劲儿还没全都使出来,你们说是不是？都别摇头，我是觉着都还有劲儿。"

小许低声跟小赵嘀咕："谁有班长个子高啊！"

小赵说："可不是吗？力气也比咱们大。"

"别嘀咕了，有话大声讲。"时传祥就烦蛐蛐话，提高嗓门说，"听我说，咱们把过去七个人一班的大班，改成五个人一班的小班。大家伙儿看行不？"

大家高一声低一声地说："行！"

"啥大班小班的，不就是干活儿吗？"

"班长说咋干就咋干！"

"好！"时传祥大手往桌子上一拍，说，"就这么干！"

开完了会，时传祥向党支部汇报后表态：在他们班人手少的情况下，不增人，鼓足干劲，公休假日不休息，突击完成清洁任务。

于是，时传祥带领全班开干了！

过去每人每班背五十桶，现在增加到八十桶。

他当班长的当然要多干了，别人八十桶，他背九十桶。

工友们见班长带头玩命干了，也纷纷来了

劲儿。

大家比着干,一趟一趟小跑着,铆足了劲儿工作。

抢时间,赶任务,压在时传祥肩上的担子,比以前重了许多,回家又吃不好歇不好,什么样的身体也禁不住这样的折腾!

有人在时,时传祥挺直腰板像个好人似的,可在没人的时候,他捶腰敲背,痛苦的模样只有他自己知道。

队长见时传祥豁出命来工作,身体越来越虚弱,真是心疼啊!

"老时啊,你上医院检查检查,可别硬撑着。"队长劝着,"有病早治早好。"

时传祥拍拍胸脯,逞强地说:"我这体格,经得住造!"然后放低声音,接着说,"我咋能在这么缺人手的节骨眼儿上去医院休息呢!队长你说是不是?"

"你呀!"队长看着时传祥说,"真拿你没办法……"

时传祥再能挺,可病挺不住啊!

糟糕的事情还是发生了——

那天日头要落的时候,时传祥在布巷子胡同淘满了一桶粪,像往常一样背起粪桶,忽然一阵眩晕,只觉头昏眼花,天旋地转,站也站不稳当了。

"我这是咋的了?咋这么迷糊?"他对自己念叨,"不能倒下!不能倒下!"他是怕自己一倒下,粪桶翻了,就满地屎尿,到处臭烘烘的了!

他赶紧靠住门框,挺住了。

党支部和队长听说后,再也不跟时传祥商量了,下命令强制他去医院看病。

时传祥这次不得不去医院了。

经医生检查,是严重高血压。

"怪不得天旋地转的,原来是高血压啊!"时传祥一看诊断结果反而轻松了,笑着说,"高血压嘛!好好歇歇,再吃点降压药,不耽误工作!"

可是,接下来再进行全身检查时,医生发现他脚指头上长了一个瘤子。

专家会诊,确定这是一个恶性肿瘤,必须立即进行手术,把脚指头割掉,不然就会危及生命。

一听要把脚指头割掉,时传祥急了,冲队长嚷嚷:"割掉脚指头俺不答应!没了脚指头以后怎么背粪?不能背粪,我还是一个清洁工人吗?!割掉脚指头,那可不成!"

"别嚷嚷,这是在医院。"队长安慰着,"割不割,这不是还没定吗?你先别急,等专家们研究完了再说。"

夜里,时传祥咋也合不上眼……割掉脚指头不行,没了脚指头就不能背粪了,绝对不行!

第二天,时传祥找到主治医生,说:"我仔细想过了,这个手术不能做,一定要保住这个脚指头,出院后我才能继续干好我的工作。"

主治医生见时传祥这么执拗,只好答应对手术方案进行重新研究。

又等了一天,新的手术方案研究出来了——采取其他方法割除了肿瘤。

脚指头保住了。

时传祥却看着自己的脚,抽抽搭搭地哭了……

厕所里的女婴

时传祥的脚指头保住了,休养了一段时间,又准备开始干活儿了。伤筋动骨还要养一百天呢,何况是做完手术。

队长说:"老时,你就多休息些日子吧!养好了再上班。"

"还养?"时传祥不干了,围着队长跑了两圈,说,"你看看,好了,全好了。你不让我出去淘粪,等于给我上刑。"

队长摇头,拿他没法子,说:"上班行,可要悠着点干。"

"好嘞!"时传祥又背起粪桶,走进胡同,迈进四合院……

妻子崔秀庭跟儿子在老家待了三年多，国家经济有了好转，下放的职工家属可以返城了。她带着儿子又回到了北京，回到丈夫身边，一家人团圆了。

晚上，崔秀庭打来热水，说："洗脚吧！"

"我……我一会儿自己洗。"时传祥盘腿坐在炕上，不让脚露出来。

"让俺看看你的脚。"崔秀庭伸手把丈夫的脚拉出来。

"有啥看的……"时传祥说完不吭声了。

"这是怎么了？"崔秀庭看着丈夫脚上的伤疤问，"是被什么砸着了，还是走路崴着了？"

时传祥只好说了实话："长了个小瘤子，大夫给割了。"

崔秀庭把丈夫的脚放进洗脚盆，说："没碍着脚指头吧？已经养利索了吧？"

时传祥抬起脚，说："看吧！脚指头好好地长在这儿。"

"再上班，可要小心着点，别这么拼命地干了。"崔秀庭心疼，边给丈夫洗脚边念叨。

"明天上班了……"时传祥自言自语着。

没想到,上班头一天就在厕所发现有个被遗弃的婴儿。

时传祥正背着粪桶要往厕所走,突然有婴儿的啼哭声钻进了他的耳朵。

哪来的婴儿哭声?

时传祥再一细听,声音是从女厕所传出来的。

他快走几步,来到女厕所门口,停住了。

怎么办才好?得赶快啊!天多冷啊,把婴儿冻着咋办?

时传祥淘粪有规矩,不能直接往女厕所里闯,万一里面有人怎么办?他先咳一声,用粪勺子敲敲门框,再喊一声:"里面有人吗?淘粪的来啦!"

要喊两三声,等到里面一直没有人回答,才能进去干活儿。

今天这种情况,就算孩子哭得再厉害,也不能直接闯进去。

"里面有人吗?"

没有大人的回声。

"里面有大人吗?"

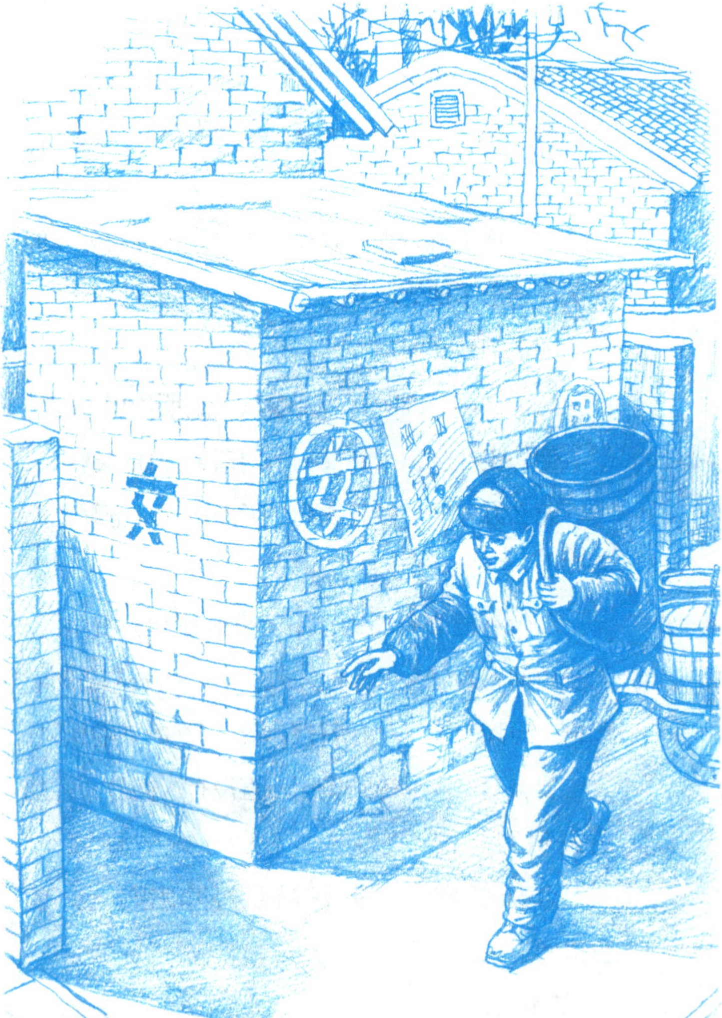
女
女

回答的还是婴儿的哭声。

"我是淘粪的,没人我进去了!"

还是听不到大人的回答。

时传祥放下粪桶,快步走了进去。

原来是个被小被子包着的婴儿,小家伙露着粉红的小脸,哭声像黄鹂鸟那么脆亮。

时传祥把婴儿抱在怀里,粪桶也不管了,撒腿就往家跑。

往家跑干吗?

家里有妻子啊!妻子懂得照顾孩子。再说,不知婴儿在厕所里待了多长时间了,冻坏了怎么办?得快回到屋子里暖和暖和呀!

好在离家没多远,时传祥一口气跑回家,把婴儿往炕上一放,对妻子说:"孩子,一个孩子……"

崔秀庭赶忙上前把小被子打开,说来也怪,婴儿马上就不哭了。

"你快瞅一眼,男孩还是女孩?"时传祥催妻子。

"急啥呀!"崔秀庭解着婴儿衣服,说,"又不是只小鸟,飞不了。"

"是男孩?"

"女孩。"

"小闺女,好啊!"

"好什么好?可能是谁家里闺女生多了,才扔了。"

"唉!"时传祥叹气,"新社会了,男女都一样,这家人怎么还老脑筋呢?"

崔秀庭打量着包孩子的粉色小被子,用手摸了摸,是缎子面,里面絮的应该是鹅绒或是羊绒,她说:"这样的婴儿被,肯定挺贵的。"

时传祥也看出来了,说:"一般人家买不起……"

崔秀庭说:"那就是有钱的大户人家。"

"为啥要把孩子扔了呢?"时传祥琢磨着,"不是养活不起,也不是因为丫头小子,那是为啥呢?"

"我看是孩子的妈妈遇到了啥难处。"崔秀庭猜测说,"会不会是没爹的孩子?"

时传祥觉得妻子猜的有可能是对的。

崔秀庭抱起婴儿,贴着她的小脸问丈夫:"你把孩子抱回来了,想怎么办?"

"怎么办……"时传祥没想好要咋办,挠着脑袋说,"我也没寻思该怎么办……就想救孩子一命,别让她冻死在厕所里头。"

"可不是嘛,要不是你给抱回来,不冻死也冻出病来了。"崔秀庭亲了口女婴红扑扑的脸蛋儿,说,"丫头啊!该着你命大呀!"

"这孩子……咱们能养着吗?"时传祥问妻子。

"你瞅瞅,这丫头长得多俊,真招人喜欢。"崔秀庭真的喜欢上了这个小婴儿。

时传祥寻思好了,说:"这孩子我们不能养。"

"为什么?"崔秀庭问,"我们还没丫头呢,正好做我闺女。"

"不行!"时传祥从妻子怀里抱回婴儿,说,"万一扔孩子的娘后悔了怎么办?人家回来找,找不着怎么办?"

崔秀庭说:"回来找?大不了还给人家呗!"

"那也不行!又不是小猫小狗,捡回来就能养活。"时传祥拿定主意了,说,"我得跟队长汇报汇报,看他咋说。"

"去吧!去吧!"崔秀庭抱紧孩子,说,"你去问队长,也不能抱着孩子去吧?"

"哪能抱孩子去!冻着怎么办?"时传祥说着转身要走。

崔秀庭拦住丈夫,拿出钱来说:"别这么着急,别忘了给孩子买袋代乳粉。"

时传祥接过钱,急匆匆地出去了。

"哇!"

时传祥回来的时候,离家很远就听到了婴儿的哭声,便三步并作两步地奔进家门。

"队长咋说?"崔秀庭不等丈夫站稳,就迫不及待地问。

"送福利院。"时传祥说,"这孩子是饿了,我去冲代乳粉。"

婴儿喝了代乳粉,不哭了,挥着小手,冲时传祥夫妇笑。

第二天,当时传祥抱起婴儿要走的时候,泪珠从崔秀庭眼角滚了下来……

福利院收养了婴儿,给她起名叫石解放。

冬去春来,柳絮飞霜。石解放从婴儿长成了大姑娘,伴随她长大的是救她的人——时传祥。

时传祥勤劳朴实的精神影响了她的一生,她立志为人民服务一辈子。

这天,清洁队来了一个律师,说他受定居美国的米斯·穆小姐的委托,来寻找她曾经遗弃的孩子。

"你怎么找到我们清洁队来了?"队长问,"男孩还是女孩?"

律师说:"米斯·穆小姐当初迫于无奈,把婴儿放在厕所里了,而你们是做厕所卫生工作的,所以我才找到这里。对了,是个女孩。"

"真让你找着了。"队长说,"是我们老时抱回来的。"

"她在哪里?"律师着急地问。

"福利院。"队长说,"名字叫石解放。"

"太感谢啦!"律师问,"是时师傅救了石……石解放?"

时传祥在一旁挠挠头,笑着说:"谁碰见谁都会出手相救的。"

石解放终于与亲生母亲相聚了,母女俩抱在了一起,高兴的泪水不断从眼里涌出……

米斯·穆小姐拿出一大笔钱要报答时传祥。

时传祥推掉了,说:"要感谢,就感谢新中国吧!"

国家主席的钢笔

一九五九年十月二十六日是个亮堂堂的日子,蓝蓝的天上白云飘,白云下的十里长街换容颜,这一天令时传祥终生难忘。

新中国成立后,时传祥在环境卫生战线上淘粪淘了十几年,掐指算来有几千个艰苦的工作日。他是白天黑夜地拼命干,他图啥?

时传祥嘿嘿一笑,说:"北京是咱们新中国的首都,城市干净不干净,影响很大。咱们好好干,把首都打扮得漂漂亮亮的,就给咱中国增了光。虽说淘大粪看起来是个不起眼的工作,可是做好了就不平凡了。"

报社记者采访时传祥,问:"您是靠着什么精神，在如此平凡的岗位上，做出了如此不平凡的成绩？"

时传祥又是嘿嘿一笑，说："尽管我们的工作又脏又累，但是只要我们把工作做好了，居民就可以不脏不臭，干干净净。我们图的就是'宁愿一人脏，换来万家净'。我们虽然脏点累点，却给千百万人带来了好环境，所以我觉着淘粪工作很光荣。"

最光荣的是，时传祥身为淘粪工人，加入了中国共产党，当选为北京市政协委员，被评为全国劳动模范，出席了全国"群英会"，被选为"群英会"主席团成员。

下午，刘少奇、朱德、周恩来等党和国家领导人，在人民大会堂接见全国"群英会"代表。当时传祥走进庄严的人民大会堂时，心跳得像打鼓似的。

在众人的掌声中，国家主席刘少奇一见到时传祥，就上前握住了他的手，微笑着问这问那……

国家领导人的接见，让时传祥的心情久久不能平静……

回到家，妻子见丈夫一脸喜色，问："啥事把你高兴成这样？"

时传祥反问："你猜，我见到了谁？"

"谁呀？"妻子问。

"刘少奇主席！"时传祥激动地说，"主席问了我好多话呢！"

妻子问："都问啥了？"

"主席握住我的手，头一句就是：'这是老时吧？'我当时张大了嘴巴，啥也说不出来了，国家主席咋会认识我？认识一个淘粪工人？"

"是啊！你们以前也没见过面。"妻子也纳闷。

"你猜刘主席咋说？他可能是看到我很惊讶，就说他在报纸上看到过我的照片，是个光头，他一眼就认出来了。"

"你咋说？"妻子歪头看着丈夫。

时传祥摸着头嘻嘻笑，不知说啥好，此刻他还沉浸在幸福的回忆之中："当时，刘少奇主席紧紧地握着我的手，关心地问我这几年生活得怎么样，清洁队的工人平时工作累不累。听到这话，我的心情就平静了一些，就对主席说：'我们现在生活得挺好，大家的干劲可足了。过去我们是用轱辘车一车一车推，平均每人一天背八十桶。现在改成汽车运粪，工作效率提高了，平均每人一天背九十三桶。可是大家并不满足这些成绩，还要为社会主义多出几把力呢！'"

妻子也美滋滋的，说："主席一定很高兴吧？"

"那当然啦！"时传祥描述着当时的情景，"刘少奇主席听了大笑起来，说大家的干劲真够足的啊！还得再加把劲儿，把全市的清除粪便的工人都带动起来。"

"你咋说？"妻子不等丈夫说下去，追着问。

"我说，我一定再加把劲儿！"时传祥大声说，"主席，放心吧！"

"后来呢？"妻子瞅着丈夫追问。

"后来，刘主席又问我淘粪工人的学习情况怎么样。我就一五一十地说，过去淘粪工人很少有识字的，新中国成立后有了业余学校，现在大家基本都达到了高小程度，能看报能写信了……就是我差点儿，才认识二三百个字，连自己的名字也写不好。"

"就认识百八十个字,你还有脸说?"妻子替丈夫感到羞愧。

"可人家主席没笑话我,对我说,不认字,抓紧学嘛!说我是一个先进工作者,一个共产党员,光工作好不行,各方面都得好。我们的事业发展得越来越好,没有文化哪行?说他都这么大年纪了,现在还学习呢!而我才四十多岁,时间还不晚,以后要好好学习,阳历年的时候让我给他写封信。你听,主席还让我给他写信。"

"你说啥了?"妻子说着,发现丈夫上衣兜里插着一支钢笔,眼睛一亮。

"我说好,我一定写!刘主席就从他上衣兜里拿出一支钢笔,递到我的眼前,说这支钢笔送给我了,让我用它好好学文化。"

时传祥描述着当时的情景,继续讲道:"我接过钢笔,对他说:'主席放心,我好好学习文化,多认字。'刘主席握着我的手,对我说,我们在党的领导下,都要好好地为人民服务。说我淘大粪是人民的勤务员,他当主席也是人民的勤务员,这只是革命分工不同,都是革命事业中不可缺少的一部分。让我回去以后,要更好地为党工作,不要骄傲自满,和大家团结一致,用双手把首都建设得更好。听到这些话我的眼泪就掉下来了。我跟主席说,我一定按照主席说的去做,把祖国首都建设好。"

时传祥说着,这才把刘少奇主席送给他的英雄牌钢笔举到妻子眼前,嘿嘿地笑。

"笑啥笑!"妻子崔秀庭一把夺过钢笔,边看边说,"这真是刘少奇主席给你的?"

"那还有假?"时传祥变得严肃起来,说,"别掉地下,小心摔坏了。"

"还你的宝贝疙瘩。"崔秀庭噘着嘴,把钢笔还给丈夫。

时传祥接过钢笔,拿在眼前看着想着:刘少奇主席要我好好学习文化,阳历年要给他写封信,我一定要抓紧学习,多多认字,把信写好。

于是,时传祥就像干淘粪活儿那样认真地学习认字,家里墙上贴满了字,窗户上写满了字,干活儿时手心里也是字……经过三个月的勤学苦练,在临近新年的时候,时传祥终于鼓起勇气拿起那支钢

国家主席的钢笔

笔，给刘少奇主席写了一封信。

敬爱的刘少奇主席：

　　我开会回来以后，把您关心我们清洁队职工的工作、生活和学习的事，向大家做了传达。全体同志都感动极了，一致表示要坚决听党的话，听您的话，继续鼓足干劲，把自己的工作做得更好，并且积极读书识字，使自己成为有文化的工人，为社会主义建设贡献更大的力量，来报答党和领袖的关怀和培养。一个多月来，我和全体同志一样，在工作上很好地完成了任务，学习也有了很大进步。我过去连名字都不会写，您看到我写的这封信一定会替我高兴吧！但是我一定不能骄傲自满，继续鼓足干劲，争取尽快地成为有文化的新工人，以更大的成绩，报答党的培养和关怀。

　　祝您

新年快乐，身体健康！

时传祥
一九五九年十二月二十六日

信写好了,这是时传祥长这么大头一回写信。他看了一遍又一遍,生怕有错别字。一个字一个字地查完后,时传祥双手颤抖着把信叠好,轻轻地装进信封。

信就放在枕头边上,时传祥夜里怎么也合不上眼,岁月的脚步在他耳边踱来踱去——刚开始当淘粪工,受尽了歧视和侮辱。新社会翻身做了主人,他加入了中国共产党,当选为北京市政协委员,被评为全国劳动模范,出席全国劳模大会,受到党和国家领导人接见……今天,他写了人生中的第一封信,是写给国家主席的。

晨曦抚亮窗户,时传祥拿起那封信,起身就往大街上跑,找到一个邮筒,把信投了进去……

儿女也当淘粪工

与刘少奇主席握手的第二天,国家主席接见淘粪工人的消息,就通过《人民日报》等各大报刊像风一样传遍了祖国的天南地北。

时传祥的名字像长了翅膀,被全国人民知道了。

首都北京刮起了"义务淘粪热"。

时传祥傻眼了——

大学的老师和学生来了,中学的老师和学生也来了,作家来了,记者来了,电影演员也来了……

他们不是来干别的,就一个要求——跟时师傅一块儿淘粪。

"我先来。"一个身穿蓝色上衣的姑娘,挤到时传祥面前敬了个礼说,"时师傅好!"

时传祥一下子愣住了,不敢相信自己的眼睛,怎么凭空冒出来个女徒弟?

"时师傅好,"姑娘介绍着自己,"我是清华大学的学生,非常希望和时师傅一起干淘粪工作。"

排队等着和时传祥一起工作的学生有一大排,都嚷嚷起来:"我们也是来和时师傅一起干淘粪工作的。"

"好好好,你们都是好孩子!"时传祥大手一扬,说,"不用排号,都跟我来!"

到最后,来请求和时传祥一起淘粪的志愿者们,都如愿以偿了。

来跟时传祥一起淘粪的不光是年轻人,连北京市委市政府的领导也来了。

时任北京市副市长的万里,请时传祥教他怎样淘粪。

时传祥寻思着,副市长都没把我当外人,我就别磨叽了。想到这里,他的腼腆劲儿就没了,手把手地教万里副市长如何使用清洁工人的粪桶、粪勺和吊斗这"三件宝",背粪桶怎么挎肩、怎么用力才站得起来,怎么走路才能不晃不洒。

万里听得仔细,做得认真,得到时传祥的"真传",轻松地就背起了粪桶,和时传祥并肩走在大街上。

时传祥受到了人民群众和国家干部的尊重,当然更得到了国家的尊重。

一九六六年国庆,时传祥当选为全国第三届人大代表,任北京市观礼团副团长,登上了天安门城楼。

在人民大会堂,为观礼团举行的国宴上,周恩来向时传祥敬酒,朱德给他夹菜……

荣誉和责任、赞扬和褒奖、鲜花和微笑……让时传祥不知说啥好,真正感到了踏踏实实为人民服务的荣耀,他从心里发誓:要一辈子做好淘粪这份"低贱"的工作。

从十四岁干到六十岁,当淘粪工整整四十六年的时传祥累倒了。

在医院,处于弥留之际的时传祥把四个子女叫到身边,艰难地说:"孩子们,我给你们留下两句话。一是我淘了一辈子大粪,做着又脏又累的工作,但我对淘粪是有感情的。二是我向主席汇报工作时说,各行各业都需要有人接班,我唯一的愿望是你们能接好我的班。这个班不是我个人的班,是党和国家的班!"

小儿子时纯利抱着爸爸的胳膊,哭着说:"爸!我接班,接您的班。"

"爸,我们都接您的班!"儿女们齐声喊着。

时传祥微笑着闭上双眼,两滴泪珠滚下眼角……

"爸爸……"

"不许哭!"刚强的崔秀庭对孩子们说,"你爹是笑着走的,咱们也要笑着送他!"

没有哭声,只是默默地哀悼……

这是一九七五年五月十九日的一个傍晚,当时夕阳西下,天空泛起火烧云,通红通红的,如连片的火把,把整个北京城照得通亮。